繪/ 天藍

魔豆

魔豆

MASTER IS BUSY

門主很忙

卷一

香草——著

門主很忙
人物介紹
麥冬
門主大人的寵物白松鼠，本系列吉祥物（?），移動速度極快。
方悅兒
十六歲軟萌的姑娘。玄天門門主，文不成武不就。眼睛彷彿未語先笑般，讓人很有好感。

林靖
二十二歲。
武林盟主之子，正直爽朗的青年。
梅熠
二十四歲。
白梅山莊備受冷落的庶子，溫和有禮，彷彿永遠不會生氣。
段雲飛
二十歲的俊美青年。
曾為魔教中人，性格亦正亦邪，活得瀟脫自在。

門主很忙

卷一

目錄

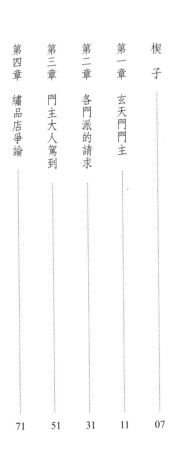

楔子

進入夏季，天氣愈發炎熱起來。一隊人馬正策騎登上南方最出名的玄天峰。此刻正值中午時分，然而烈日當空之下，這些人卻表現得十分輕鬆，額上不見絲毫汗水。

從這些人的衣飾及手持的武器，可以看出他們都是武林中人，而且分成好幾個不同的小團體。當中除了尋常的大俠打扮，甚至還有道士、和尚，以及穿著少數民族繽紛衣飾的人。

玄天峰之所以出名，並不是因爲這是南方最高的山峰，也不是因爲它陡峭的地形，而是因爲整座玄天峰至附近的山脈，都是武林第一門派玄天門的地盤。

玄天門的前任掌門方毅，曾是江湖上武功排名第一的高手。再加上玄天門經歷數代輝煌，至今名下產業多不勝數，門下高手如雲。也正因爲玄天門的存在，這個人跡罕至的無名山峰才被人們命名爲「玄天峰」。

可惜身為武林第一的方毅，因數年前練功出了岔子，竟走火入魔而英年早逝，留下一個當時尚未及笄的女兒方悅兒。

方悅兒雖是方毅的女兒，卻一點都沒遺傳到方毅的武學天賦，在玄天門裡只是一個武功奇差、朽木不可雕的擺設。玄天門之所以至今仍能屹立不倒，全靠門中四大堂主支撐著。

四大堂主雖然年紀輕輕，卻都是排得上武林前十名的高手，而且各自在某些領域中有著獨特專長。雖然方悅兒這個門主很不靠譜，可是四名堂主全都對玄天門忠心耿耿，有他們的扶助，誰也別想打玄天門的主意。

方毅去世後，他的女兒方悅兒自然順理成章成為新任的門主。只要能娶方悅兒為妻，便等同於將玄天門納於掌心。因此這幾年前往說媒求親的隊伍絡繹不絕，玄天門的門檻都被人踏破了。

然而這支正前往玄天門的人馬，卻不是為說媒而來。如果讓武林中人看到這支隊伍，一定會因它的華麗陣容而驚掉下巴。這一行人以武林盟主林易光為首，全都是武林中各大強盛門派的代表。

方毅離世，林易光便成了公認的武林第一。只是林家既非世家出身，本身也沒有太大的勢力，只能靠林易光個人強大的武力值與武林盟主的身分撐起林家門面。

另外，同行的還有不少名門派系，例如以內功著稱、門派弟子全是僧人的澤天寺；白梅山莊則最爲富有，情報網遍布天下；鴻勝幫的功法以鍛鍊肉體爲主，因此此幫的人都生得虎背熊腰，擅長拳腳功夫；武林世家蘇家擅於使劍，同時也擅長鍛造，不少著名的兵器都出自他們之手……

如此浩大、可說是包含當今武林最爲強大門派的陣容，他們集結前來玄天門，只爲了一個人。

一個已經失蹤數年的魔教之人。

一、玄天門門主

一眾武林門派集結前來玄天峰前，早已事先派人向玄天門遞上拜帖。然而玄天門卻是在對方來到了山腳才得知此事，因而對此完全沒有任何準備，也不清楚對方來意。

此刻在玄天門主宅的庭園中，一名粗眉大眼的少年正氣呼呼地伸出手，仰頭朝著坐在樹幹上的少女質問：「門主大人，拜帖到底是不是被妳藏起來了!?現在各大門派都快要到了，請快點把拜帖交出來！」

「我根本就沒有見過你說的拜帖，秋天你別欺負我。」樹上的少女說得委屈，偏偏她的動作卻閒散得很。雖然少女很敬業地裝出可憐兮兮的表情，卻依然不忘在說話的同時咬一口手中的白色果實。她悠閒自得的模樣實在令樹下的少年又好氣又好笑。

被少女稱爲秋天的少年，是玄天門四大堂主之一的寇秋。而樹上這位被寇秋追討著拜帖的少女，正是玄天門現任的門主方悅兒。

方悅兒容貌秀麗，有著白嫩無瑕的肌膚，美麗的杏眼水汪汪的，總讓人看著便心軟了幾分，笑彎起來像漂亮的新月。少女天生上揚的嘴角彷彿未語先笑似的，眞

正微笑時更有著可愛的酒窩，生得一副沒侵略性、一看便讓人心生好感的長相。

可惜現在方悅兒那原本很適合微笑的臉上卻沒有了笑容，只有滿臉的委屈。杏眼水汪汪、一副被欺負的模樣，看得原本理直氣壯的寇秋不禁有些遲疑了，開始懷疑自己是不是眞的誤會了對方。

「怎麼了小悅兒，聽說妳把武林盟主的拜帖弄不見了？」隨著嗓音響起，一名書生打扮的青年步入庭園。青年長著一雙眼波流轉的狹長鳳眼，長相艷若桃李，簡直像個國色天香的大美人，偏偏這美人卻是個男的。

這青年名叫連瑾，與寇秋一樣是玄天門四大堂主之一。寇秋一看到連瑾出現，這才不禁鬆了口氣。

在玄天門中，就只有連瑾能夠不心軟地教訓方悅兒。像他這種老實的凡人，只要門主大人癟了癟嘴巴他便沒轍了。

方悅兒一看見連瑾，立即像霜打的茄子般蔫了：「我就知道狐狸你一定也是來教訓我的！」

連瑾挑了挑眉，還來不及說什麼，一名年紀與他相仿的青年一臉焦慮地趕至。

仔細一看，便會發現這名青年右邊衣袖飄飄，卻是沒有了右臂。獨臂青年說道：「寇秋，找到拜帖了沒？眾門派已經來到山下了。」

這青年名叫雲卓，同樣是四大堂主之一，也是玄天門之中年紀最大的大師兄。如果說連瑾是唯一能與方悅兒對著幹的人，那麼身爲從小照顧他們長大的大哥雲卓，則是方悅兒最爲信服、最聽他話的人。

連瑾伸出比玉石還要嫩白的纖纖玉指，指了指坐在樹上的方悅兒：「那要問我們的門主大人了。」

說罷，向雲卓告狀的連瑾得意一笑，隨即便將視線再度投往方悅兒身上，想看看被指控的她到底會露出怎樣有趣的表情。

方悅兒頓時陷入了兩難，到底自己應該哭得梨花帶雨，還是該高呼嗚冤，才能讓雲卓相信她被冤枉呢？

可惜時間不等人，此時守門的人傳來消息，各大門派已經到了。

這麼陡峻的玄天峰竟然說到便到，武功高強什麼的眞討厭！

以上，是只懂花拳繡腿的玄天門門主大人的心聲。

身爲四大堂主之首，雲卓只得先出去招呼客人，示意方悅兒他們也盡快過去。

前往大廳時，連瑾道：「小悅兒，都到這種時候了，妳就別玩了。到底那些人眼巴巴地趕過來是有什麼事情，妳好歹吱一聲吧！」

方悅兒：「吱。」

連瑾：「……」

寇秋愁眉苦臉地道：「門主大人，這種時候妳還玩！」

方悅兒一臉不高興：「我沒有玩，你們說的拜帖我眞的沒見過，只是你們不信而已。」

「眞沒見過？可是我聽三妹說她親自把拜帖交給了妳，三妹總不會說謊。」連瑾口中的三妹，就是玄天門四大堂主之一——幽蘭。

在玄天門，四大堂主是門主之下階位最高的存在，他們從小與方悅兒一起長大，都是武林中享富盛名的高手。現在全仗著他們，玄天門才能在方毅死後依然於武林上屹立不倒。

同時，四位堂主還是義結金蘭的兄妹，以年齡排列依序爲雲卓、連瑾、幽蘭與寇秋，而年紀最小的寇秋只比方悅兒年長一歲。

方悅兒聽到幽蘭的名字，原本理直氣壯的態度頓時有些氣虛了。幽蘭一向沉默寡言，說話向來說一不二，就連她自己也不得不承認，如果兩人之間有一人在說謊，那麼那個人一定是自己。也難怪之前無論她怎麼解釋，寇秋他們都不相信。

但她真的不記得有見過什麼拜帖啊！

方悅兒嘆了口氣，決定還是先過去大廳看看。趕過去的同時，少女還不忘把吃到一半的白色果實匆匆吞進肚子裡。

這顆看起來毫不起眼的白色果實，是一種名叫「雪蘭果」的珍貴果實，味道清香甜美，令人吃了直想再三回味。

不過雪蘭果之所以出名，並不是因為它的味道，而是這種果實能夠加速修練時內力的增長速度，服用後練功更能事半功倍。

偏偏這讓武林中人趨之若鶩的雪蘭果，在方悅兒手中卻只是平時用來解饞的零嘴。也不知是該感歎玄天門的財大氣粗，還是少女的暴殄天物了。

當一頭霧水的方悅兒進到大廳時，已見各大門派的代表被雲卓招待著坐下，邊喝著茶水邊等她這位正主出現。

方悅兒繼任門主時很低調，並沒有邀請武林大派出席她的繼任大典，這還是一眾掌門初次與這位新上任的玄天門門主見面。

方悅兒的身分地位並不比這些掌門低，只是以輩分來說卻是對方的後輩。何況她是江湖出了名的廢物，明明出身武林世家卻不擅武功，因此這些人雖然對她十分客氣，但心裡其實並不把她當一回事，該有的禮數會做足，但言談間卻隱約把雲卓視為玄天門眞正做主的人。

在方悅兒走進大廳的同時，那些跟隨自家掌門前來的弟子們皆不約而同地將視線投放在她身上。

能夠跟隨掌門而來，這些都是掌門的親傳弟子，在門派弟子中也地位崇高。而這些青年才俊不少人都曾向這位玄天門門主求過親，可惜最終皆失望而回。那時他們都沒有成功見到方悅兒，連少女到底長得是圓是扁都不知道。現在終於親眼看到本人，便不禁多看了兩眼。

只見緩步進入大廳的少女長相清麗，微笑時露出兩個甜甜的小梨渦，看起來甜美又乖巧，而那充滿感染力的笑容，也讓人的嘴角忍不住跟著勾起。

方悅兒的相貌很有欺騙性，不只男人，就連女人看到那雙水汪汪的杏眼也不禁會心軟幾分，簡直是男女通吃。少女舉止落落大方，帶著一身貴氣，而眉宇間又帶有不諳世事的天眞，顯是被人嬌養著長大，不知道民間疾苦。

行走江湖的女子多是巾幗不讓鬚眉的女俠，男女之間並不嚴防。江湖女子並沒有大家閨秀那種三步不出閨門的規矩，甚至大都非常剽悍，像方悅兒這種類型的倒是比較少見。

方悅兒察覺到眾青年的視線，回以一個甜甜的笑容，因笑容而露出的酒窩令人心癢癢的。

少女坦率大方的表現十分輕易便獲得了這些青年才俊的好感，心想這姑娘長得甜美，性格看起來也很討喜。雖然不懂武功，但娶回去養在家裡相夫教子還是不錯的。

可惜對方是玄天門門主，身分高貴，加上玄天門眾人把他們的門主護得緊，絕不會把她的婚姻拿來當結盟的籌碼。若不是方悅兒眞心喜歡的人，只怕還無法抱得美人歸。

眾人自從進入玄天門，所看到的每件物品無一不是精品。先不說玄天門名下的眾多產業，光是用來招待客人的大廳便已閃瞎他們的眼。這些武林人士之中不乏來自武林世家的世家子，原本以爲自家生活已經很奢華了，可都比不上玄天門這般檔次。一些識貨的人還發現，用來招待他們的茶是用珍貴的大紅袍所沖泡，而眾人所吃的糕點就更加講究了，其中有些甚至能增強功力，用料名貴得很。

玄天門四大堂主武功高強，這是武林中的共識。只是想不到就連奉茶的小姑娘也是雙目精光內蘊，顯是內功精湛，動作靈巧而帶劍意，竟是個習武之人，而且武功似乎還很不錯。或許在玄天門中，武功最差的人就數他們的門主大人了吧……

當方悅兒進入大廳後，那些侍奉在旁的玄天門弟子立即忙前忙後，四名貌美的侍女更是把她侍候得舒舒服服，只差沒有把熱茶和點心餵進她的嘴巴裡。而方悅兒則淡然地接受她們的服侍，看起來就像隻慵懶的波斯貓，嬌貴得不得了。

方悅兒的貴氣並不是那種高高在上的清貴模樣，而是穿著用度無一不精、被人從小精貴養成的嬌貴之氣。這番作態不僅不會令人反感，反而更覺得理應如此，這名嬌貴的少女應該受著世上一切最好的待遇。

即使四名侍女各有各的美態，卻一點都沒奪去方悅兒的光采。雖然眾人第一眼皆被侍女們的美貌所吸引，然而很快卻又覺得方悅兒那副舉手投足滿是貴氣模樣更加賞心悅目，眉宇間的甜美溫順更加耐看順眼。

連瑾看著那些青年才俊在方悅兒出現時，立即像隻炫耀自己尾羽來求偶的孔雀般去討好人，不禁心裡冷笑。這些人對方悅兒的喜歡，只是一種單純對美好事物的喜歡，甚至當中還包含了不少其他利益因素。要是方悅兒並非玄天門的門主，只怕這些世家子弟絕不會興起娶她入門的心思。

方悅兒看起來天真單純，其實看事非常透徹，又怎會被這些男人的虛情假意所吸引？連瑾已經可以預見，不知又有多少青年才俊會被他們的門主大人拒絕了。

「盟主好，各位叔叔伯伯好。」方悅兒乖巧地向眾人打了聲招呼，等待著眾人道出來意。

武林盟主林易光微笑著向方悅兒拱了拱手，隨即道：「叨擾了，我們此次的來意，相信方門主已經知道了吧？」

把拜帖弄丟的玄天門眾人：「……」

騎虎難下的方悅兒：「呵呵。」

我可以說不知道嗎？

林盟主你好歹是武林盟主耶，多客套一番不行嗎？這麼單刀直入，我想探聽你們的來意也辦不到啊！

難怪你這武林盟主這些年除了閉關還是閉關，都快成爲武林的吉祥物了！

方悅兒在心裡拚命吐槽，一時間也不知道該說什麼才好，便向林盟主笑了笑後不說話，就看對方還會不會說出什麼有用的情報。

失去了坦白的好時機，她現在也不好意思告訴對方自己把拜帖弄丟了。

見方悅兒不說話，心裡只有武學、不擅交際的林易光也不知該怎麼與小姑娘相處，只得繼續直白地詢問：「那不知道方門主能否幫忙？」

方悅兒睜大眼睛，茫然地與林易光對望。

所以你們到底想要我幫什麼？

多說幾句話會死嗎？

「方門主？」林易光見方悅兒直勾勾地盯著自己，然而渙散的眼神卻明確顯示出她正神遊天外，盟主只得出言追問少女。

方悅兒迅速回過神來，正要說些什麼，一旁的蘇家家主蘇志強便說道：「看方門主不回答，難道是覺得我們的要求太為難嗎？」

誰都聽出了蘇志強話中那絲諷刺之意，偏偏方悅兒聽不出來，反而雙目一亮地頷首：「你們的確滿讓我為難的。」

蘇志強頓時一噎，不知該說什麼才好。

蘇家作為武林四大世家之首，不知已經有多久沒有人敢這麼不客氣地與家主蘇志強說話，偏偏方悅兒渾身上下讓人感受不到絲毫惡意，一雙水靈靈的杏眼滿是無辜，令原本覺得失了面子的蘇志強猶豫起來，不確定這孩子到底是故意的，還是說話本就如此直白。

方悅兒的氣質與長相太具欺騙性，且非常惹人愛憐。憑著這些優勢，她無論做什麼都難以讓人產生戒心，吃了她的虧後還會想著是不是誤會了她。

蘇志強壓下心裡的不爽，無論方悅兒是不是故意拿話堵他，現在他們有求於人，求人該有的做派蘇志強還是有的。何況玄天門這個門派正值鼎盛之時，即使是他們這些立足武林多年的世家也只能避其鋒芒。方悅兒再廢物也是玄天門門主，地位可是與他平起平坐的。

剛剛因爲看少女年輕好欺負，忍不住出言挖苦便落了下乘。蘇志強本就是個很有心計的人，臉上沒有因方悅兒直白的話而顯露半分心思，只掛著一副脾氣很好的爽朗笑容。他長得一臉正氣，加上總是表現出爽朗大氣的模樣，誰都會覺得是個沒什麼機心的男人。

因此此時蘇志強說出來的話，聽起來格外顯得眞誠：「方門主，如果那個人眞的還在世，那便將是一場武林劫難。身爲武林一分子，懇請方門主施以援手！」說罷，蘇志強向方悅兒彎腰行了一禮。

「這……」方悅兒一臉爲難：「我並不擅武，而且年紀還輕，很多事情都不懂，爹臨終前都叫我要聽雲堂主的話……」

玄天門眾人瞪大雙目。門主，妳這算是禍水向東流嗎!?

被門主大人點名的雲卓覺得好無辜，只得頂住各方壓力，努力保持微笑。

此時一道白色殘影掠過，「嗖」地從外面衝了進來。這道白影速度奇快，即使是眾人之中武功最高的林易光，也未必追得上。

眼見白影直直衝向方悅兒，一旁的蘇志強便想抬手阻止，只是白影硬生生在半空轉了角度，避過他伸出的手，撲上了少女的肩膀。

直至白影停下，眾人這才看清楚原來是一隻罕見的白松鼠！

這松鼠通體雪白，有著蓬鬆的大尾巴及一雙又圓又大的黑潤眼眸，天眞的模樣與方悅兒有幾分相似。

在場許多人都是初次看到白松鼠。畢竟白色的松鼠很稀有，而且因爲毛色顯眼，失去了保護色的牠們很容易成爲捕獵者的目標，進而數量變得更加稀少。

也不知道玄天門到底給這松鼠吃了怎樣的天地材寶，竟然能夠讓牠的速度變得如此驚人！

很快地，眾人的疑惑便得到了解答。只見方悅兒歪了歪頭，有些不好意思地說道：「抱歉嚇到大家了。麥冬牠小時候身體不好，所以我餵牠吃了一顆九陽丹，結果造成牠體質異變，行動速度有點快，不是故意嚇大家的。」

伏在方悅兒肩膀的麥冬也隨之歪了歪頭，主寵的動作表情簡直神同步。

九陽丹？是那個吃了可以增加十年功力的丹藥嗎!?

眞是太浪費了，這松鼠只是玄天門主的一隻寵物，竟然餵牠吃這麼珍貴的丹藥！身體不好的話，多的是可以調理體質的藥物嘛！

要是把這丹藥給我吃那多好！

——這是眾位在場人士的心聲。

不過任憑他們再眼饞，那也是人家玄天門的東西，怎樣也到不了他們的肚子裡，要眼饞的也應該是玄天門的弟子。

何況進了一隻松鼠的肚子，總好過進了玄天門弟子的肚裡，讓玄天門多出一個高手。這些年來玄天門一直默默地發展，鮮少插手武林的事。可是它終究發展得太快了，先前只是個二流門派，但自從方毅接手後，短短數十年便讓玄天門成爲頂尖門派，這讓一眾世家不得不爲此生出危機感。

餅就只有這麼大塊，分餅的人多了，那麼他們能夠吃進口的不就少了嗎？

此時蘇志強心裡轉過多個念頭，突然發現松鼠的嘴巴正咬著一張看起來有點眼熟的……寫了字的紙片？

剛剛眾人都被方悅兒口中的九陽丹吸引了注意，未有人對麥冬咬著的東西投以太多關注。現在蘇志強發現松鼠咬著的奇怪紙片，便想要看看上面到底寫了什麼。

此時，一道懶洋洋的嗓音不合時宜地響起：「牠叫麥冬呀？藥材的麥冬？爲什麼取這麼奇怪的名字？」

方悅兒看向說話的青年，只見這青年笑容可掬、看起來脾氣很好，俊朗的模樣活脫脫是年輕版的林易光，正是盟主大人的獨生愛子林靖。

方悅兒雖然並不算聰明，可是她有著小動物般的直覺，總能輕易感覺到對方是虛情還是假意。相較於蘇志強那虛僞的爽直，方悅兒覺得眼前青年的笑容順眼多了，於是也回以一個甜甜的笑容：「因爲我是在麥冬旁邊撿到小小麥冬的啊！」

少女麥冬前麥冬後的話聽起來讓人有點混亂，不過眾人仔細一想便明白了她的意思。門主大人是想說，她在長有麥冬的地方撿到這隻松鼠，所以便爲牠取了這名字吧？

「原來如此，小麥冬真可愛！」林靖伸手逗弄著松鼠。青年很有親和力，麥冬一點都不抗拒他這個陌生人的觸摸，還讓他拿走咬在嘴巴裡的東西。

林靖用自己的身體遮擋住眾人視線，把手中的東西遞給方悅兒，嘴巴無聲地說道：拜帖。

方悅兒瞪大一雙杏眼，嘴巴也張成一個圈，手顫抖地接過這張紅色的東西，果然是林易光親筆寫下的拜帖！

二、各門派的請求

先前方悅兒還裝模作樣地與林易光他們商討呢，結果不到一會兒便被現實打臉。

林靖見方悅兒的臉瞬間變得通紅，不禁暗自好笑。方悅兒皮膚白皙，臉紅起來就像鮮豔的紅蘋果，讓人想要在上面咬一口。

麥冬口中的拜帖根本還未拆封，一看就知道她根本沒看過裡面的內容。這次被林靖抓個正著，方悅兒覺得自己丟人丟到老家了啦！

幸好林靖心腸好，不但沒有怪罪，還爲她遮掩，不然她都沒臉見人了。

方悅兒一目十行地看完內容後，瞪了麥冬一眼，心想難怪大家都找不到拜帖，原來被這小東西藏了起來。這次牠不僅讓自己揹了黑鍋，還那麼丟人，她決定扣麥冬一星期的零食！

方悅兒氣鼓鼓的樣子一點都展現不出怒氣，反而還很可愛。尤其想到剛剛少女嘴巴大張的驚訝模樣，林靖更是忍不住勾起了嘴角。

青年待方悅兒看完拜帖後，還體貼地替她將拜帖用內力震碎，並把碎片塞進衣衫裡來個毀屍滅跡。

二人迅速做完這一連串動作，便若無其事地分開，方悅兒向武林盟主林易光說道：「雖然我玄天門素來不參與武林之事，但既然林盟主親自前來請求，那我總要給盟主大人一個面子。」

方悅兒知道林易光他們此行所求何事後，心裡便有了底，確定這對玄天門來說算不上什麼大事，便決定應允下來。

剛剛林靖幫了她的大忙，還體貼地顧全了她的面子，方悅兒自然投桃報李地在言談間給足林易光顏面。

蘇志強見方悅兒越過他並應允了林易光的請求，臉上閃過一絲不快，可很快便再次變成一如既往的爽朗神情：「哈哈！那就太好了，老夫這段時間都快愁得白了頭，現在方門主願意幫忙最好了！」

蘇志強說罷，便見方悅兒一臉奇怪地看著自己。

「怎麼了，方門主，是有什麼問題嗎？」

方悅兒搖了搖首：「沒……」

蘇志強卻豪爽說道：「方門主，我虛長妳幾歲，也算是妳的前輩，要是有什麼問題的話，不妨直說，老夫能幫的一定幫。」

「那我就直說了，蘇伯伯你可不要生氣喔。」方悅兒見蘇志強頷首，便欲言又止地說道：「蘇伯伯，你經常越過林盟主說話，這樣不好……林盟主才是武林盟主，這樣眞的不好……知情的人知道蘇伯伯你心腸好，想爲林盟主分憂，可是不知道的話……」

蘇志強聞言都快要被少女直白的話氣得吐血了，饒是他裝模作樣的道行高深，也差點忍不住扭曲了一張臉。

偏偏這番話卻是他逼對方說的，方悅兒還一臉「爲你好」的表情。蘇志強不但不能責怪她，還要感謝她，有比這更虐的嗎？

其他武林豪傑聞言，也不禁用奇怪的眼神看向蘇志強。因爲林易光老是閉關，在武林中已變成等同於吉祥物般的存在，因此大家有事時，反而都習慣找世家幫忙。所以像現在這樣，蘇志強老搶在林易光之前當代表般地發言，並沒有人覺得不妥。

可是經方悅兒一說，他們才驚覺林盟主就在旁邊的當下，蘇志強仍是屢屢搶著發言，這眞的只是無心之過嗎？

蘇志強感受到四周質疑的視線，心裡暗恨，表面卻是一臉懊惱地向林易光拱了拱手，賠罪道：「因著此事關乎武林安寧，在下實在非常擔憂，結果焦慮之下便僭越了。」

面對蘇志強的道歉，林易光則維持他一貫的好脾氣，連連表示諒解。兩人三言兩語間便化解先前尷尬的局面，一行人再次變得和樂融融起來。

安撫完蘇志強的情緒後，林易光這個老好人便轉向方悅兒：「方門主大義，我代表整個武林感謝貴派相助。」

玄天門眾人聽到林易光說得嚴重，連替整個武林感謝這種論調都出來了，覺得對方要玄天門幫忙的事並不簡單。畢竟尚未知道拜帖內容，自家門主卻已胡亂應允，他們頓時覺得很不妙。

門主大人，妳根本連人家想要我們幫什麼忙都不知道啊，這麼輕率地應允下來眞的沒關係嗎!?

玄天門眾人與那些武林豪傑一樣，因林靖的遮擋而沒看見麥冬咬來的拜帖，被事態發展搞得都快要愁死了。

這次林易光等人的請求，雖說的確關乎整個武林安危，但對玄天門來說倒眞也不算是太難辦的事。

武林中曾有著一個非常強大的魔教，教眾修練邪門武功，爲武林中人不容。無奈魔教勢大，而且教主武功歹毒高強，白道多次與之對戰都討不了好。

然而在三年前，魔教竟發生一場足以覆滅整個教派的內鬨——魔教教主被他的得力部下、同時也是魔教的副教主段雲飛所斬殺，白道趁魔教群龍無首之際進攻魔教總舵，終於將其擊破，讓它從此消失於江湖。

雖然這幾年一直有魔教餘孽在武林興風作浪，可是他們以教內各個小頭目爲首，各自抱成團，彼此之間誰也不服誰，根本不成氣候。

然而在數月前，有個武林門派被滅，眾人發現死者死狀恐怖，一身功力盡毀。明明還是年輕力壯的年輕人，屍體卻變得猶如七旬老者，竟是中了歹毒的烈陽神功；而烈陽神功，便是魔教內只傳教主的歹毒功法。

烈陽神功是魔教中人取的名字，白道大多稱之爲「魔功」。這功法會吸取敵人的內力及生命力，修練魔功之人能將吸來的內力轉化爲自身力量，以戰養戰，威力甚大。

練有烈陽神功的歷代魔教教主，無一不是武功高強之輩，而且爲了增強功力，往往藉由殺害他派弟子來練功。江湖中已不知有多少門派因此魔功而慘遭滅門。

魔教教主死的時候還來不及指派繼位者，因此這世上練有烈陽神功的人就只有他一人。現在烈陽神功重現江湖，豈不是代表魔教教主還在人世!?

既然教主重出江湖，那些各自爲政、變成一盤散沙的魔教餘孽，也因此重新凝聚在一起。雖然魔教因當年的大戰損失慘重，可瘦死的駱駝比馬大，它仍保留了不少底牌。

最可怕的是，不知是因受了重傷須要調理，還是迫切想要增強實力，魔教教主吸取武林人士內力的次數比過往更加頻繁，現在他正不停把魔手伸向各個門派，江湖中人人自危。

至於林易光他們想要請玄天門幫忙的，並不是讓玄天門殲滅魔教，畢竟他們也很了解玄天門那種半游離於江湖之外的立場。上次滅魔之戰，玄天門也是一副事不關己、高高掛起的態度，這次他們也就不再爲此浪費唇舌了。

林易光他們急切想知道的，是魔教教主彭琛的生死。現在統領魔教的人，是被他們誤以爲已死亡的彭琛，還是有其他人獲得了魔功祕笈，成爲魔教的新教主興風作浪？

可惜現在那位統領魔教的教主來無影去無蹤，他們不但每次都堵不到人，也打探不出對方的身分。即使成功抓住一些魔教餘孽逼供，但這些底層弟子卻也是完全不知道教主的身分。

因此，當年魔教內鬨中最後接觸彭琛，並唯一能確定彭琛是否仍在世的人，便只有擊敗他的段雲飛。

段雲飛這人可謂武林多年不出的天才，據說他成名時也不過十多歲，可是功力已經深不可測，也不知是如何練出來的。雖爲魔教中人，行事卻自有一番準則，劍下亡魂都是該死之人，倒是沒聽過這人傷及無辜。

自從段雲飛擊敗了彭琛，間接使魔教崩潰後，這人便在江湖中銷聲匿跡了。後來還是林家打探到段雲飛曾與玄天門前門主方毅有著不淺的交情。

方毅習武成痴，最喜歡挑戰不同門派的高手。正所謂高處不勝寒，自從他打敗林易光成爲武林第一後，便開始著眼於提攜後輩，希望培養出能夠與自己一戰的好手。

而段雲飛，則是最被方毅看好的後起之秀。

方毅對培養段雲飛可謂不遺餘力，提供他不少珍貴的資源。可惜還來不及實現與段雲飛一戰的心願，方毅便因練功問題導致走火入魔而喪命。

段雲飛雖然是個桀驁不馴的人物，但他很重情義。無論方毅培養他的目的爲何，對方終究對他有過知遇之恩。如果方毅沒有因練功而喪命，段雲飛學有所成後，與他轟轟烈烈地打一場，這恩情也就算還了。偏偏方毅卻在此之前死去，於是段雲飛便欠著玄天門一份人情。

現在眾人急須確認彭琛的生死，此外魔教魔功歹毒無比，段雲飛是唯一能夠戰勝對方，且對戰後能全身而退的人。因此眾人希望確定了魔教教主的身分後，段雲飛能夠成爲擊敗對方的戰力。

經過多方調查，他們查探到段雲飛就在南方的煙雨城。只是段雲飛若不想與他們接觸，他們根本找不到人。至於要讓對方答應幫忙、甚至成爲戰力，也就更加困難了。

於是眾人便想到了玄天門，希望方悅兒能當說客，把他們的意思帶給段雲飛。他們只求玄天門爲他們穿針引線，至於段雲飛會不會答應，而他們又該付出怎樣的代價來說服對方，便不用玄天門操心了。

也正因爲林易光的要求很簡單，因此方悅兒才願意應允下來。要是對方妄圖讓方悅兒利用恩情使段雲飛幫忙對付魔教，那她就只好說聲抱歉了。

不過少女雖然回應得爽快，但仍有些疑問：「你們爲什麼會不確定彭琛的生死呢？段雲飛擊敗他時，你們不是在附近嗎？不然爲什麼這麼剛好就殺入魔教總舵？」

門主大人說到這裡，便見一眾武林豪傑顯得有些尷尬。

老一輩的都不說話，後來還是林靖笑著解釋：「雖說段雲飛平常沒做過什麼大奸大惡的事，可終究是魔教中人。因此別說與他有所往來，見面沒有打起來已經算是好的了。所以當時他傳信告知白道幾大門派，他會與彭琛進行生死戰，並奉上魔教總舵的位置時，我們都是不信的，所以便錯過了確認彭琛生死的時機。當大家總算達成共識前往魔教時，段雲飛已經擊敗彭琛了。」

林靖沒有說的是，當年林家是主張相信段雲飛的，可是其他門派卻不這樣想，尤其以蘇家為主的世家，更是嚷著這是魔教的圈套。最後還是林易光行使了盟主令，這才讓他們不情不願地前往魔教總舵。

結果當他們折騰了一段時間抵達時，人家段雲飛要幹的都幹完了，眾人只能從俘虜口中得知對方真的打敗了彭琛，還把彭琛的屍體推下了懸崖。總而言之，當時發生了什麼事，他們都只是聽說而已……

事後那些反對攻打魔教的世家，都被人暗地裡嘲笑他們以小人之心度君子之腹，把面子丟光了。因此這次林靖很體貼省略了這些細節，不過一些聰明人結合事情經過，再看到蘇志強等人尷尬的模樣，也能夠猜到幾分。

方悅兒看了看林靖，再看了看蘇志強：「哦。」

雖然蘇志強很想詢問方悅兒「哦」什麼，可是一想到少女那話題終結者的神祕屬性，他還是把心裡的疑問吞回肚子裡。

反正一定不是什麼好聽的話。

玄天門雖然也是武林門派，卻一向游離江湖之外，幾乎不管江湖上的紛爭，與一眾武林人士其實並不相熟。

何況現在方悅兒雖成了門主，但其實並沒有什麼作為，只是個武術不精的小姑娘，一眾武林豪傑也實在與她沒有什麼話題好聊，見方悅兒接受了他們的請求後，便紛紛向她告辭。

方悅兒還客氣地挽留一下：「各位不多留一會兒嗎？玄天門很久沒有這麼熱鬧了，還想與大家多聊聊呢！」

蘇志強聞言後一臉黑線，心想：誰想要與妳聊天啊？明明是噎死人不償命的性格……

❀

以林易光為首的一行人浩浩蕩蕩地來，又浩浩蕩蕩地離去。如方悅兒所說的，玄天門真的很久沒有這麼熱鬧了。

雖然他們待的時間不長，可是當各大門派的代表走了之後，方悅兒突然覺得玄天門好像變得特別冷清，於是有些蔫蔫地表示是時候招些新弟子了，門派就是太冷清啦都沒有什麼人，人多些就是有人氣啊……

玄天門眾人：門主妳看看我們！我們不是人嗎？QAQ

門主大人表示：都是些看厭了的臉。

四位堂主因為剛剛在大庭廣眾下不方便詢問拜帖的事，都快憋出內傷，於是無視玻璃心碎得一地的眾弟子，立即向方悅兒追問林易光等人的目的，方悅兒便把已屍骨無存的拜帖內容複述了一次。

聽到林易光他們只是要求找出段雲飛、替他們穿針引線後，四堂主這才鬆了口氣。幸好應允的事並不算太難做到，他們的門主在必要時刻還是很靠譜的。

連瑾笑道：「這次門主的作為真是大快人心，難得看到蘇志強吃癟，我早就看不順眼那個偽君子很久了。」

「嗄？」正餵著麥冬吃瓜子的方悅兒，聞言一臉茫然地看過去。

連瑾與方悅兒一起長大，很清楚對方的性格，一見到方悅兒那茫然懵懂的眼神，便忍不住抽了抽嘴角：「所以妳這次把蘇志強堵得說不出話，並不是故意的囉？」

方悅兒被連瑾的話嚇了一跳：「我把蘇家主堵得說不出話？狐狸你別胡說，我一直都很有禮貌、應對得體的！」

玄天門眾人見狀不禁嘆了口氣，心想蘇志強還真冤，也許他還在逕自猜測著方悅兒是不是故意針對他，但當事人卻對此全無自覺。

雲卓揉了揉方悅兒的頭：「悅兒，妳別在意，二弟只是在嚇妳而已。」說罷，雲卓趁方悅兒不注意的時候，瞪了連瑾一眼。

連瑾覺得好鬱悶，只覺得心裡有苦說不出。他突然有點明白蘇志強的心情了。

方悅兒心寬，很快便把這件事拋諸腦後，轉而向雲卓打探起段雲飛：「那個段雲飛是怎樣的人？我見過他嗎？」

方毅爲了讓自身武學更上一層樓，同時也爲了尋找能夠一戰的好苗子，可謂費煞了苦心。明門正派他不方便下狠手，頂多是偶爾殺上去與人家的掌門好好對一下招。可是面對一些窮凶極惡之輩，方毅便沒有這麼客氣了。

於是一眾武功出色的強盜、殺人魔、採花賊等全都等著倒楣。他們皆被方毅抓住，丟進他設的一處石牢囚禁著。武功高強的被方毅常常抓出來練打；一些武功有獨特之處的，則被方毅逼問出招式與心法，試圖用來完善自身武學。

方悅兒一直覺得自家親爹之所以英年早逝，一定是因爲亂七八糟的武功學得太多，從而走火入魔。

而方毅身故後，方悅兒也沒興趣繼續養著石牢裡的那些人，便讓雲卓他們調查那些人的資料。如果只是小打小鬧的，便把人放了；而那些真正窮凶極惡的人，便廢掉他們的武功，賣出去當奴僕，賺回來的錢就當是補償他們這些年在玄天門的白吃白喝。

門主大人表示，她可是很有理財觀念噠！

可是方悅兒卻不知道，光是她身上的一件衣裙，就已超過這些人全部加起來的賣身費了……

林易光他們提起段雲飛這個人時，素來不過問江湖事的方悅兒自然對他毫無印象，但立即便想起那些曾被父親戲耍的江湖人士。

更何況那個段雲飛還曾是魔教中人呢，所以被方毅抓捕的可能性也很大，她說不定曾經見過那人。

即使曾身陷玄天門，但從方毅非常賞識他，以及他後來返回魔教，還疑似幹掉人家教主的情況來看，段雲飛顯然並不在被販賣爲奴的行列。此人不知該有多出色，方毅並沒有把人囚禁起來，反而不遺餘力地栽培他。

雲卓道：「段雲飛待在玄天門的時間並不長，而且大部分都待在藏書閣研究武功祕笈，悅兒妳應該並未與他見過面。段雲飛並不是方毅大人抓捕回來的，而是在知道方毅大人的行徑後，自行上門要求與大人切磋。」

方悅兒瞪大一雙杏眼：「他主動要求與爹切磋!?」這是一個怎樣的勇者啊?

雲卓頷首：「是的，而且他還與方毅大人對戰百招以上才落敗，因此獲得了方毅大人的青睞。不過悅兒妳不喜歡過問方毅大人練武的事，所以並未與段雲飛有過接觸。」

方悅兒覺得自己沒有與段雲飛交好實在超可惜的，如果知道曾有人主動殺上玄天門，還能與方毅對戰這麼久也不落敗，她當時一定會好好與這個人套近乎。

段雲飛比方毅年輕這麼多，而年輕自然前途無量嘛，要是方毅沒有因走火入魔而過世，說不定自己還能有幸看到段雲飛把不可一世的自家親爹吊打一番的場面。

四位堂主看了看想著想著便開始發呆的方悅兒，皆不禁搖首苦笑，也不打斷她的思緒。反正門主大人總是很喜歡神遊太虛，他們都習慣了。

此時奉命收集段雲飛相關資料的弟子，正拿著對方的資料雙手奉上，成功引回方悅兒神遊到不知哪裡去的思緒。

其實有關段雲飛的資料不多，本子記載著的只是一些對方的基本資料。那名弟子已經派出飛鴿傳書至煙雨城，讓那邊的弟子搜集有關段雲飛的資訊。

當方悅兒看到段雲飛只有二十歲時，不禁有點訝異。雖然從眾人的言詞之間已知道此人很年輕，卻想不到這個能夠打敗魔教教主的人，竟然只比自己年長幾歲而已。

「那我們盡快到煙雨城吧！免得我們過去後那傢伙已經跑掉了，那可就白走一趟啦！」

玄天門眾人對於門主大人那想到什麼做什麼的任性已經習以爲常，聽到少女興致勃勃地吵著要出門，他們無奈地苦笑了下，隨即領命：「諾！」

三、門主大人駕到

位於南方的煙雨城風景如畫，並且有著全國最大的湖泊——南湖，溫暖的氣候與肥沃土壤也使各種花朵綻放得特別燦爛。不少文人雅士喜好相約到南湖遊玩，並留下不少歌頌此處美景的詩句。

繁榮而富足的煙雨城蘊含不少商機，玄天門在這裡便有不少產業，每年獲得的利潤都相當可觀。

也正因爲城鎮的富足，這裡不乏各種高消費的店鋪，還有衣著奢華的富豪。可以說，煙雨城是僅次於京城，全國最爲富裕的地方。

煙雨城比其他地方多出了一份奢靡，即使是小門小戶的平民百姓，也見多各種富貴榮華。然而，今天這些見多識廣的煙雨城百姓卻被一名外來者的行頭驚詫到了。

品雅軒是煙雨城最出名的餐館，掌櫃陳老今天早早便讓人收拾好餐館內最大、最豪華的包廂，而其他地方也沒有落下，全都清潔了一遍，大門還特意讓人添置了兩盆價值不菲的牡丹，整個品雅軒變得一塵不染、煥然一新。

根據知情人士透露，這是爲迎接貴客所做的準備。不過品雅軒不僅是煙雨城最大的餐館，同時背景也不簡單。聽說它是武林世家設置在煙雨城的產業，而掌櫃陳老不光管理手段高明，身手更是一等一的好。因此在煙雨城內，誰也不敢在品雅軒裡放肆。

即使是城主大人前來用餐，也不可能讓陳老另眼相待。到底是怎樣的貴客，能夠獲得品雅軒如此禮遇？

好奇之心人皆有之，加上煙雨城什麼不多，無所事事的文人雅士最多。反正他們有事沒事總要聚在一起，而品雅軒正是他們最喜歡的聚集地，現在出現了謎之貴客的傳聞，更是吸引不少人前來，想要一睹對方風采。

接著令人震驚的一幕出現了，只見陳老特意換上亮麗的新衣，早早便站在品雅軒的大門等候著。即使陽光開始變得毒辣，陳老臉上的笑容依然得體，並沒有露出絲毫不耐。

進入品雅軒的客人當然不會自戀得以爲陳老等的人是自己。雖然沒有證據，但眾人皆猜測陳老十之八九是在親自等候那名傳說中的貴客。

這名貴客還未出現，便已在煙雨城打響了名號，並且獲得眾人的敬畏之心。

別看陳老外表是名慈祥的長者，他可是能把幾個前來鬧事的大漢一掌拍成廢人的高手。要知道那幾名大漢都不弱，煙雨城幾個大勢力也拿他們沒奈何。結果卻在當年新開張、名不見經傳的品雅軒陰溝裡翻船了。

過去那一戰讓陳老一夕成名，而現在，這位能夠讓他頂著大太陽耐心等候的貴客，也同樣在煙雨城大大出名了。

終於，在眾人望穿秋水之際，一輛馬車駛至品雅軒大門前。

看到這輛馬車時，眾人立即知道馬車內坐著的，必定是陳老等待的貴客。

三名青年騎著馬匹護在馬車旁，無論是他們騎乘的馬匹，還是負責拉車的馬匹，全是萬中無一的名駒，負責拉動馬車的馬匹，更還是淡金色的汗血寶馬！

神經病！竟然用汗血寶馬來拉車，到底要多土豪才幹得出來!?

而且品相這麼完美的汗血寶馬，擁有一匹已是千難萬難，這貴客卻擁有四匹，而且還是同一種毛色，從鬃毛、馬身至尾巴都是清一色的淡金，陽光下，四匹淡金寶馬彷彿發光般，看起來尊貴無比。

什麼時候汗血寶馬還配組合的啊!?

另外，那三名與馬車同行的青年雖然衣著各異，可皆能看出衣料名貴。至於馬車，更是用降香黃檀製成，眾人遠遠便聞到一陣隨風吹來、黃花梨特有的清香。

正所謂外行人看熱鬧，內行人看門道，一些不知行情的旁觀者只能看出這一行人貴氣沖天而已；內行的人則是深感對方來歷的恐怖。這種富貴程度已經不能用財大氣粗來形容了，對方的實力也必定不凡。畢竟這麼高調的行頭，卻能夠安然抵達品雅軒而沒被人洗劫一空，便已透露出這一行人的實力。

所以當素來對任何權貴不爲所動的陳老，一臉敬畏地擔起店小二的工作，親自上前迎賓時，眾人都幾乎麻木了。

只見馬車車門緩緩打開，從車廂裡走出四名美麗的妙齡少女，竟是難得一見的四胞胎。這些少女的衣著全是價值不菲的絲綢，容貌氣質比城裡最尊貴的千金小姐還更勝一籌。

她們的衣著雖然顏色不同，款式卻是一樣的，再加上下車後站在車門兩旁恭候的姿態，即使再難以置信也令人明白到，但這四名氣質絕佳的少女並非陳老等待的貴客，而是貴客的侍女。

在眾人望穿秋水之下，一隻白嫩的柔荑從馬車內伸出，隨即便見一名長相甜美的少女，在其中一名侍女的攙扶下緩步踏出。

少女的容貌驟看並不如四名侍女美艷，一開始看到她的相貌時，眾人是有點小失望的。在他們的假想中，身爲這四名侍女的主子，理應長得比她們更加美艷才對。

何況女子皆愛美，更喜歡比較。身爲主子，那名少女應該不可能容忍身邊的侍女比自己美。

然而很快地，所有人便被這名少女矜貴的氣質吸引住。她沒有咄咄逼人的姿態，臉上甚至一直保持著愉悅的微笑，但卻有著天生的貴氣。

這種氣質讓她像身處在鴨子群中的天鵝。原本這幅畫面應該是很有侵略性的，偏偏少女那水汪汪的杏眼及可愛的酒窩，令人感受到少女一身貴氣之餘，卻又覺得她親切無比。

貴氣與親切，這兩樣氣質聽起來很矛盾，可是放在這名少女身上，卻讓人看著就覺得舒服！

當人們回過神後，才驚覺自己早在不知不覺間把視線投放到少女身上，反而忽略先前一直覺得把少女甩出幾條街的侍女們。

此時少女在陳老引領下，輕步進入品雅軒的高等包廂，而其中兩名侍女的手上，不知何時多了從車廂裡拿下的東西，尾隨在她身後。

其中一名侍女拿著托盤，托盤用金絲楠木雕製成，深沉的木色中閃過陣陣流動的金光，非常美麗。托盤上是各種名貴的餐具，無論是用料還是做工皆名貴精緻得閃盲眾人的狗眼。

品雅軒很捨得下重本，除了菜式新穎美味，這裡的食具在煙雨城都是數一數二的精美名貴，然而相較於這位貴客自己帶來的，卻是立即從天上跌落塵埃。

另一名侍女雙手捧著的，是一張雪絨獸的毛皮。雪絨獸是只出現在天山山頂的奇獸，數量稀少，體型小且長相可愛，然而卻非常凶猛。其毛皮顏色獨特，純白之中帶有淡淡閃亮的銀藍，非常夢幻。

侍女手中這張毛皮，至少需要五隻雪絨獸才能縫製出來，而且看起來渾然天成，完全看不出接縫痕跡，顯然製作上花費了心思。

只是眾人卻看不明白了，把雪絨獸毛皮縫製成這麼四四方方的模樣是想做什麼？當手帕未免也太大了，可當斗篷又有些太小，而且有斗篷是這種樣式嗎？

一眾旁觀者邊猜邊好奇地伸長脖子看著少女一行人步入包廂，在侍女關門的瞬間，他們的疑問獲得了解答。

他們看到那名拿著雪絨獸皮毛的侍女，把手中皮毛鋪在椅子上，隨即那位貴客竟便一屁股坐了上去。

原來這張珍貴得可以買下整座品雅軒的毛皮，人家是用來墊椅子的！

有沒有這麼誇張!?

看熱鬧的人都快要吐血了，雖然那張毛皮是人家的，即使那名少女拿去燒掉他們也管不著。可是這雪絨獸毛皮即使自己拿到手也捨不得用，人家卻只用來當坐墊，這實在太打擊人，都要生出仇富心了有沒有！

方悅兒可不知道這些，即使知道也不會在意。此時她的心神全被眼前精緻的菜餚所吸引，這些菜餚在品雅軒皆是限量供應，而且每桌限點一碟，想多吃也沒有。

雖然馬車內一直備有各式美味的點心供門主大人隨時享用，在路途中絕對不會餓著她，可是方悅兒看到這些色香味俱全的菜餚時，仍頓覺有些餓了。

吃東西前，少女不忘先讓向自己行禮的陳老坐下，邊吃邊聽對方報告尋找段雲飛的事。

品雅軒作爲玄天門在煙雨城的據點，對城裡的一切可謂瞭如指掌。只是那個段雲飛卻像條泥鰍般滑不溜丟，只怕對方若不是自願現身，憑他們的人也無法找出來，陳老羞愧地向方悅兒告罪。

「沒關係，整個武林的人都在找段雲飛，可不也抓不到他嗎？這並不是陳老你的錯。既然這個人那麼難找，就讓他主動來找我好了。」方悅兒無所謂地說道。

陳老第一次接觸門主本人，早已聽說四大堂主把方悅兒寵上天，本以爲會看到一個刁蠻的大小姐，想不到門主大人卻意外地好相處，這讓他暗暗鬆了口氣：「那麼，我現在便派人去把門主大人要尋找段雲飛的消息散布出去。」

方悅兒點了點頭：「我們來的時候正好看到一個戲棚在表演，直接向他們借道具就好。」

借道具？

陳老聞言，心裡浮現出一個大大的問號。一向八面玲瓏的他，竟然猜不透門主大人的指示，只得出言詢問：「門主大人……您的意思是？」

方悅兒眨了眨一雙水汪汪的杏眼，一臉無辜地說道：「不是要找段雲飛嗎？現在武林找他找翻了天，而且林盟主他們找我協助時這麼高調，我就不信段雲飛不知情，一定是不想出來而已。借戲班的鑼鼓邊敲邊大喊讓段雲飛來找我，我就不信這麼丟臉他會不來！」

不要呀喂！對方感到丟臉以前，我們玄天門便已經夠丟臉了呀！

陳老心裡正拚命吶喊，表面力保平靜，可眼神仍是滿滿的不可置信，看向坐在方悅兒身邊的堂主們。

四大堂主中，除了幽蘭留守玄天門看家，由其他三人一起護送方悅兒前來。此刻三人被陳老的視線看得不好意思，不過無論方悅兒的想法有多天馬行空，只要他們做得到，便不會拒絕她。

他們就是這麼寵自家門主！門主棒棒噠！

身為四大堂主之首，雲卓頂著壓力微笑道：「就聽門主的吩咐去辦吧！」

「……是。」陳老終於明白，爲什麼外界都傳四大堂主寵門主大人寵得完全沒有原則了。

❀

品雅軒對面的悅來客棧，一名青年正坐在窗邊品茗。

青年長相普通，是那種丟進人群裡完全不會引起別人注意的類型。他穿著一件玄色衣服，暗沉的顏色顯得他那張尋常樣貌更加不起眼。

青年看著窗外景色，手指漫不經心地撫弄著茶杯邊緣，如果仔細瞧，便會發現這名長相普通的青年，有著與他平凡容貌完全不相符、很漂亮修長的手。

如果正視這名青年，便會發現他的眼睛也很漂亮懾人，銳利的目光彷彿能看進人的靈魂深處，充滿令人心悸的魄力。

可惜他總是低垂著頭，從不直接對上他人的視線，隱藏住那雙出色的眼睛。

青年的位子正好能夠看到對面品雅軒的一舉一動。一見到玄天門的馬車，青年

饒有趣味地勾起了嘴角。

「她就是方大俠的女兒啊……還真是好大的威風。」看著步出馬車的少女，青年微笑著喃喃自語：「但我就是不現身，妳能拿我怎麼辦？」

誰也不知道，那個唯一知道魔教教主彭琛的下落，現在全武林都在找他的前魔教副教主段雲飛，此刻正安然坐在悅來客棧裡，看著玄天門主親自前來找人，硬是不現身！

早在魔功重現江湖之際，段雲飛便知道自己的麻煩來了。他並不怕麻煩，畢竟這世上武功比他強的人不多，到了他這種程度，即使無法打敗敵人，他也有全身而退的信心。

可是他不喜歡被討厭的人挾恩圖報。

是的，段雲飛非常討厭方毅的女兒方悅兒。

雖然他與方悅兒素未謀面，對方還是恩人的女兒，他理應不該對方悅兒有意見才對。可是段雲飛正因爲感恩於方毅當年對他的提攜與幫助，才不喜歡這個新任的玄天門之主。

因爲段雲飛覺得，方悅兒身爲方毅唯一的女兒，她的所作所爲簡直辱沒了方毅的名聲！

方毅明明是個武藝高強的武林高手，但方悅兒卻只懂些花拳繡腿，實在丟光了她爹的臉。方毅曾向段雲飛無償公開玄天門收藏的武功祕笈，所以他知道方悅兒手握著怎樣巨大的寶庫。她的起點比其他人領先太多了，天賦再不濟，至少也能用這些祕笈堆砌出一個二流高手吧？

但方悅兒卻完全丟下武功，心安理得地用玄天門主的身分來吃喝玩樂。

每次想到方毅向他嘆惜著玄天門後繼無人的無奈時，段雲飛都生出要替他好好教訓這個不孝女的心思，哪會那麼輕易現身替她解決問題？

段雲飛得知林易光等人去找方悅兒，便猜到他們十之八九是想利用方毅對自己的恩情來說動自己幫忙了。

方毅是幫過我沒錯，但我和妳很熟嗎？這姑娘還眞是厚臉皮！

當年對段雲飛有恩的是方毅，現在方毅死了，對他的獨生女方悅兒，段雲飛還是會照拂幾分。要是對方眞的遇上危險，段雲飛也不會置之不理，但這是在他自願的前提下。

至於方悅兒挾恩圖報向他提出要求？段雲飛表示不聽不聽他就是不聽，魔教前副教主就是這麼任性！

對待恩人的女兒，即使惹不起，他還會躲不過嗎？

雖然段雲飛打定主意不理會這位厚臉皮的玄天門門主，然而卻不能明目張膽地拒絕她。畢竟江湖上恩怨分明，不計暗地裡的齷齪，至少表面上不知恩義的人會受到黑白兩道的鄙視。

段雲飛向來我行我素，倒是不在意他人怎麼看自己。可他身分特殊，爲免某天被人知曉他的眞正身分時，爲家人帶來麻煩，段雲飛還是小心經營著他的名聲，避免做出一些太出格的事情而觸及武林的底線。

也正因如此，他即使當上了魔教副教主，可是白道談及他時，都一致認爲他言行囂張妄爲，卻有著原則與底線，不是個大奸大惡之徒。

後來更因爲他手刃魔教教主，使魔教從此一蹶不振，更是完全洗白了他曾是魔教中人的污點。

甚至有些人談及他時，還說他把教主幹掉卻沒有自己趁機上位，反而毫不留戀地離開了魔教，說不定他根本就是心繫正道，爲了阻止魔教壯大而忍辱負重地混進去的正義之士。

當個魔教副教主當到變成受白道敬仰的英雄人物，段雲飛還眞的稱得上是史上第一人了。

雖然段雲飛不能明晃晃地拒絕方悅兒的求助，可是他可以裝聾作啞啊！他早就知道玄天門在找自己，但就是躲起來不現身。到時人家說他不知恩圖報，他大可裝無辜說自己閉關，完全不知道有人在找他。

因此這段時間段雲飛一直喬裝打扮成相貌普通的商人，用的還是在前魔教教主彭琛房裡搜到的特製面具。江湖上流行的易容術，一般都是用強大的化妝技巧變化人的容貌，而段雲飛這張面具卻是直接替他換了一張臉。再加上江湖上眞正見過段雲飛的人其實不多，流傳下來的畫像畫得再好也總有些失眞，難怪這麼久都沒有人找到他。

雖然段雲飛並不喜歡方悅兒，可是還是對她生出些興趣，何況玄天門之所以蹚這渾水也是因爲他的關係。因此段雲飛雖然一直躲著不現身，卻仍一直待在煙雨城沒有離開。

段雲飛打算在方悅兒留在煙雨城的這段時間於暗處保護她。反正他有信心，憑藉自己的易容，根本不會有人認得出他。

他想著要是方悅兒一直找不到人，找了一段時間後便會離開。到時玄天門便能推說是林易光他們提供的情報有誤。而段雲飛只待方悅兒放棄搜尋後，也會離開這裡，從此江湖不見。

這個小丫頭想對他挾恩圖報？門兒都沒有！

然而理想很豐滿，現實很骨感……很快地，段雲飛的想法變得不堅定了。

方悅兒等人進入品雅軒不久，便見品雅軒派了人外出。當時段雲飛並不在意，還興致勃勃地想看看對方打算怎麼找人。

但馬上他便笑不出來了。

那些品雅軒的下人外出不久，便邊敲鑼打鼓邊大喊著段雲飛的名字折了回來，正悠閒喝著熱茶的段雲飛噗地把口裡的茶全噴了出來。

玄天門好歹也是武林大派啊！名門正派不是最要面子的嗎？這種鑼鼓喧天的尋人方法到底鬧哪齣!?

而且看那些下人的行走路線，完全是要繞著煙雨城走一圈的架勢啊！

原本段雲飛還打算裝不知道、不露面，可是現在要是再說不知道玄天門正在找他，會有人信嗎？

什麼叫「人不要臉，天下無敵」，段雲飛確實地感受到了。

青年聽著樓下的人敲鑼打鼓地喊著自己的名字，都想找個洞鑽下去了！

四、繡品店爭論

方悅兒並不知道自己要找的人離得很近，而且就住在對面的悅來客棧裡，還被她不按牌理出牌的舉動氣得快要吐血。

讓人繞著煙雨城敲鑼打鼓地尋人後，方悅兒覺得也沒有自己什麼事了，加上難得出一趟遠門，少女便決定到處看看。至於尋人一事，自有陳老他們這些下屬來操心。

門主大人要出門，幾名侍女自然緊隨在側伺候，除了外出打探消息的連瑾，雲卓與寇秋也隨行保護著她。

因爲只是在附近閒逛，方悅兒並沒有乘坐馬車，沒有像先前那般張揚。然而一行人男的俊、女的美，尤其周身的氣度及衣物用料，都能看出並非普通百姓，仍是吸引了不少路人的目光。

方悅兒一路走來都在興奮地買買買，侍女們手上不知不覺便全拿著門主大人買回來的眾多戰利品。

一開始人們對貌美柔弱的侍女拿東西的模樣，產生了憐香惜玉的心思。可是當她們手上的東西愈疊愈高，並且以詭異的平衡被她們捧在掌心時，情況便顯得有些讓人驚慄。

最後，門主大人的戰利品已疊得遮住了侍女的視線，於是她們便改爲單手托著物品，看起來就更驚人了。

明明外表是弱不禁風的妹子，結果竟然全都是大力士!?

這讓一開始想去幫忙提東西、展現男性魅力的一眾男士，全打了退堂鼓，並且在心裡慶幸著走在最前方的那位大小姐買東西的速度夠快，在他們想要幫忙前，侍女們已暴露出她們的天生怪力。

不然他們眞上前幫忙的話便尷尬了……那麼多東西，別說單手了，他們雙手也拿不起來啊！

美女太強悍，只適合遠距離欣賞。

方悅兒早已習慣被人們注視，路人們複雜又驚嚇的視線根本完全影響不到門主大人，她勤奮地繼續買買買。

其實對方悅兒來說，這些東西都只是圖個新鮮，買的時候高興，但帶回家，基本都不會有用得上的時候。

身爲玄天門門主，她的衣著用品全都有專人精心製作，光說她的衣物，便有一整個製衣坊單獨爲她服務，裡面工作的全是經驗豐富的繡娘，用的布匹也都是有錢也未必買得到的高級貨。

正因爲有整個玄天門作爲後盾支持，才能有現在高貴又嬌氣的方悅兒。所謂「氣質」聽起來很虛幻，卻是眞正存在的。方悅兒擁有的是一種被物質培養出來的精緻與貴氣，長期處於高位所帶來的尊貴氣質，早已融入她的骨血之中。

再美麗的女人，要是失去物質的支持，便會變得粗糙而黯然失色。只有在不愁生活的時候，容顏的美麗才不至於枯萎。而充裕的物質能讓美人的美麗更加精緻，這種美麗是一種底氣。

方悅兒現在興沖沖買下來的東西，回去後往往都是交給下人後便忘掉了。而玄天門眾人也不會讓門主大人眞的使用這些外表鮮亮，但作工與用料卻較爲粗糙的東西。

是的，這些大戶人家才買得起的高級貨，相較於方悅兒平常使用的物品，也只是「較爲粗糙的東西」。

這些貨品運回去後，都會變成送給下人的禮物，而方悅兒只是享受買東西的樂趣。即使如此，在旁的雲卓等人也不會多說什麼，門主大人高興就好，這些錢他們玄天門還是花得起的。

花錢給門主大人買開心，這錢花得值！

就這樣，一路上商店店主全都露出興奮的燦爛笑容，這位外來的大小姐還眞爲煙雨城的經濟做出了巨大的貢獻。

玄天門一行人浩浩蕩蕩來到了一間繡品店，方悅兒漫不經心的視線在看到一副陳列於店內的刺繡時，立即雙目一亮，看也不看價錢便道：「這副刺繡我要了，幫我包起來吧。」

這是一幅牡丹的繡品，牡丹花大俗大雅，艷麗絕倫，本就奪人目光。這刺繡的手工很好，看起來就像眞正的花朵，正鮮艷欲滴地盛放著，彷彿還能嗅到鮮花的花香。

繡品上的牡丹有別於一般構圖，繡的也不是鮮紅艷紫的牡丹品種，而是夜色之下的昆山夜光。刺繡者還大膽地在牡丹邊緣繡上金銀線，讓牡丹看起來就像沐浴在月色之中，純白翠綠再加上金銀色調帶來視線上的衝擊，方悅兒一眼便喜歡上這幅繡品。

就連繡品上面繡上的「國色天香」四字，字跡竟隱隱帶有風骨，也不知上面的字出自哪位名家手跡。

店主聞言大喜，這幅刺繡是他們店裡最昂貴的一幅作品。前些日子有個衣著落魄的女子到店裡賣出打算換錢，即使她要求的金額非常驚人，但店主見這刺繡巧奪天工，錯過了這次機會也許就再也得不到，便咬牙花了自己所有的積蓄買下這幅繡品。

雖然出色的作品的確爲店裡吸引不少駐足觀賞的客人，間接開拓了客源，可是當中的獲益卻遠遠比不上把這幅繡品賣出所得的收入啊！

偏偏這幅刺繡實在太出色了，再加上店主爲了買下它，付出不少代價，因此將價格定得很高，說是天價也不爲過。不少人看到它，一開始驚喜萬分，卻都在詢問價錢後退縮了。

結果這刺繡放了數個月都賣不出去，不過這也就罷了，放著當鎭店之寶來招攬客人也不錯，偏偏最近總有些人鬼鬼祟祟地在店外打探，店主思前想後，覺得是這幅名貴刺繡惹的禍。

店主捨不得賤賣，可是又擔心繡品會惹禍，這幾天急得嘴唇都起水泡了。

想不到現在這名少女進門後完全不問價錢，開口便要買下繡品，怎不教店主驚喜？

不過看到方悅兒的外貌後，年紀怎麼看也不像個當家處事的，店主覺得這小姑娘也許未必知道繡品的價格便隨意開口，頓時忐忑不安起來。

雖然店主也有些眼力，能夠看出方悅兒身上的東西無一不是珍品，卻看不出確實價格。因此在向方悅兒報出刺繡價格時，店主是不抱期待的，甚至已做好了客人若出不起錢，自己該怎麼給客人台階下的心理準備了。

想不到方悅兒聽到價錢後面不改色，一旁的侍女更是爽快取出一疊銀票遞上，店主頓時眉開眼笑起來，好話像不要錢似地連連道出。

「欸！妳這個人怎麼這樣無禮？這幅刺繡明明是我家小姐先看上，妳卻問也沒問便來搶！」此時一名侍女橫插過來，一手攔下店主接錢的手。

方悅兒訝異地看著突然走出來的侍女。對方看起來年紀很輕，應該剛剛及笄；相貌不俗，衣服質料也不錯，看得出是大戶人家的侍女。一開口便說方悅兒搶她家小姐看中的繡品，顯然是個嘴巴厲害的。

店主眼見快到手的銀票被攔下，立即臉色不悅地道：「如意姑娘，妳可別胡說，剛剛許姑娘只是詢問價格，並沒有說要買下這幅刺繡，更談不上什麼搶不搶的。」

然而那個名叫如意的丫頭卻不依不撓地道：「我家小姐明明就與店家你商討價格，現在有人出口要買，你便立即棄我家小姐不理。買東西總該有個先來後到的順序吧？你這裡又不是拍賣行，難道還流行價高者得？」

「如意姑娘，妳話可別說得這麼難聽。妳們剛剛還因價格在猶豫，我怎知道妳們是買還是不買？現在說我的客人搶了妳家小姐的東西，是故意來挑釁的嗎？」店主聽到如意的話，也不再與她客氣了。

也難怪店主臉色這麼難看，小姑娘一口咬定店主賣東西不顧先後順序，這種事情若宣揚出去，不是趕客嗎？

就在店主與那位名叫如意的小丫鬟爭論時，一名白衣少女緩步向前。少女應該就是如意的主子、店主口中的許姑娘了。少女長相清麗，有種不食人間煙火的淡然氣質，是不可多得的美人。

「算了如意，我們挑選其他繡品就好。既然這位姑娘喜歡這幅刺繡，我們便讓給她吧。」許姑娘就連聲音也冷冷清清的，人美嗓音更美，優美的嗓音再搭上冷淡語調，反倒讓人更加心癢難耐。

其實這位許姑娘容貌雖美，卻稱不上絕色之姿，只是她氣質高潔，而且詩畫雙絕。基於男人的劣根性，愈是對他們不假辭色的女子，他們便愈是追捧，因此這位許姑娘在煙雨城滿有名氣的，本地人都知道許家的許冷月，一些追捧她的文人雅士還暗地裡喚她一聲「許仙子」。

對於眼前這名穿著素雅、頭上只點綴了一朵珠花的許冷月，方悅兒看了兩眼便覺無趣地移開了視線。她一向喜歡艷麗鮮活的事物，許冷月的裝扮在她眼裡實在過於寡淡。又不是家裡死了人，穿這麼素幹嘛？

許冷月看著眼前的方悅兒，則覺得少女過於奢華。在許冷月眼中，金銀珠寶都是艷俗的，像方悅兒這種連鞋子都點綴了紅寶石的姑娘根本膚淺又俗氣，她不屑與這種人為伍。

才一眼，兩名少女便已相看兩厭了。

「小姐，明明這幅繡品是妳先看中的，妳就是太好心了。夫人最愛牡丹，這繡品送給夫人的話，她一定會很高興的。」如意說罷，還狠狠瞪了方悅兒一眼。

此時店裡不少人已被這場爭論吸引了注意，雖然他們不好意思明目張膽地看熱鬧，都裝作專心觀賞店裡的商品，但其實正聚精會神地注意著事態發展。

許冷月在煙雨城很出名，如雪蓮般高潔的她在文人書生眼中是猶如仙女般的存在，更是不少高門婦人心目中理想的媳婦。現在見她被一個外來者欺負，旁觀者不禁生出了同仇敵愾的心，覺得方悅兒實在太過分。

方悅兒有些不高興了，明明心裡不爽，可惜她相貌實在太過甜美，總是一副未語先笑的模樣：「既然妳們看中這幅繡品，那怎麼不買回去？我站在這裡觀賞有好一會兒了，也不見店家將繡品解下來啊！」

如意道：「那時我們已經在與店家商談價錢了嘛，只是店家還來不及將繡品拆下來而已。」

方悅兒道：「那就是說，妳們付不起原價，因此拉著店家談價錢對吧？既然如此，那繡品當時尚是無主之物，又哪稱得上是我搶妳家小姐的東西？」

許泠月聞言眉頭一挑，如意更是生氣地道：「妳這人怎麼如此無禮，說我們付不起錢？許家家大業大……」

「如意。」許泠月聽到侍女說得愈來愈偏，便出言打斷。

如意雖然對外人嬌蠻，卻很聽自家小姐的話，立即委屈地閉上了嘴，還不忘狠狠瞪方悅兒一眼。

「這位姑娘，雖然我們許府可能不如妳家富貴，可是錢財不該是衡量他人的標準，品德才是最重要的。」許泠月一副自己雖受了羞辱，卻仍堅強面對對方嘲諷的模樣，就像一株不畏風雨的翠竹，高潔又讓人心疼。

幾名在旁邊八卦的讀書人，忍不住在心裡大叫一聲「好」。

方悅兒一臉莫名其妙地說道：「這位許姑娘，我們在說繡品，妳是不是把話題扯得太遠？總而言之，妳花不花得起錢買？要是花不起錢，就別阻著我好嗎？而且妳這副樣子看起來好像我欺負了妳似的，但說要買東西的是妳，說沒錢的也是妳，然後還暗示我看不起妳家沒錢，妳到底想怎樣不如直說吧！我心思單純，聽不太懂妳話裡那麼多彎彎繞繞。」

說罷，方悅兒癟了癟嘴，一雙杏眼更是水汪汪的，充滿了委屈，看得人心裡頓時軟綿起來。

原本覺得方悅兒太過分的人，聽到她的話後才驀然驚醒。雖然許冷月一直一副被欺辱的模樣，但其實方悅兒做的事的確沒錯。既然許冷月認爲繡品的價格過高，並沒有立即買下，那方悅兒要買也說不上什麼搶不搶的。而方悅兒說許家沒錢……也眞的是這個理，只是話說得不好聽而已。

見那位姑娘無辜的杏眼眨呀眨，顯然是個單純的女生，應該只是說話比較直接，也不是故意看不起許家。反倒是許冷月……有些胡攪蠻纏了。

聽到方悅兒的話，饒是許冷月性格再清冷也想要吐血了。怎麼這個女人老是提著自己花不起錢？這句話她到底想要重複多少遍？而且什麼叫「我心思單純，聽不太懂妳話裡那麼多彎彎繞繞」？難道在暗示我的心思很複雜嗎!?

此時許冷月只覺得心裡堵著一口悶氣不上不下，但看到旁人探究的目光，她知道自己已落了下風，絕不能繼續抓著這件事不放，而且那繡品勢必是無法到自己手上了。

其實許家家大業大，也不是買不起這幅刺繡，然而許冷月覺得價格定得太高，因此才與店主商討一下價錢，誰料到會扯出這種事。早知道會因這少少的銀兩而受氣，她直接買下繡品就好了。

許冷月雖然偃旗息鼓，可是她的侍女如意卻不願意小姐受這種閒氣，氣呼呼地說道：「我家小姐謙遜節儉，才不像妳這種人生活奢華無度。近期南方一帶水災，妳有這麼多閒錢，就應該學我家小姐爲難民施粥捨飯。」

許冷月之所以在煙雨城被人稱爲許仙子，除了因爲她容貌清麗，詩詞歌賦無一不精之外，還有她經常做善事的緣故，大家都說她有著菩薩般的心腸。

眾人聽到如意的話，頓時想起方悅兒說許家沒錢，可誰不知許仙子經常施粥捨飯，要不是她把錢都花費在這些事上，說不定就不用被人如此取笑欺辱了。

方悅兒一臉無趣地伸手摸了摸乖巧待在她肩膀上的麥冬。今天方悅兒頭上插著一支用各種寶石鑲嵌而成的髮簪，幾串由藍寶石串連而成的流蘇隨著她的動作搖曳著，閃閃生輝，好看極了。她說道：「我就是奢華無度又怎樣，我用我家的錢，又礙不著妳。」

如意頓時一窒，正想要反唇相譏，便聽少女續道：「說起來煙雨城裡的品雅軒及回春醫館都是我們玄天門的產業，大師兄，難道我家就沒做過善事嗎？」

被方悅兒點名的雲卓拱了拱手，道：「回門主，品雅軒沒少施粥捨飯，回春醫館隔一段時間便施行義診，為當地百姓贈醫施藥。」

方悅兒聞言，也不管如意難看的臉色，滿意地點了點頭，笑咪咪的模樣嬌憨可愛：「那就好了，我還以為我明明吩咐過下面要多行善舉，有人卻陽奉陰違呢！不過行善這種事我們默默做就好，大張旗鼓地到處宣揚反倒不美。」

如果先前只是被方悅兒的話堵得氣悶，現在如意覺得自己彷彿被人甩了一巴掌，臉頰火辣辣地痛。

許冷月見如意還想再說什麼，連忙攔住她。許冷月很聰明，她知道現在無論再說什麼，只會讓人覺得她們胡攪蠻纏，倒不如顯得大方一些：「是我家侍女誤會了，姑娘心繫天下實在令人敬佩。」

說罷，許泠月向方悅兒福了福身，隨即還責怪如意，道：「妳這孩子就是魯莽，還不快向姑娘道歉？」

如意只得不情不願地向方悅兒行了一禮。

方悅兒甜甜笑道：「我的心還沒有這麼大可以繫著天下，這是聖上與官家老爺的工作，我玄天門可不敢居功。」還不待許泠月說什麼，方悅兒又道：「不過這個侍女眞的要好好教育一番規矩，我家呢，主子說話時，侍女靜靜待在一旁就好，可不會像這位如意姑娘那麼活潑。」

方悅兒說出這番話時，她的四名侍女皆一臉乖巧地微微一笑，嫻靜模樣與「活潑」的如意展現出相當大的對比。

許泠月感受眾人打量的視線，心裡暗恨。剛剛她說的那番話是故意的，誰不知道品雅軒與回春醫館是玄天門的產業？再加上剛剛那名男子喚眼前的少女「門主」時，許泠月便知道對方就是那個傳聞中一無是處的玄天門門主了。

俠以武犯禁，當權者都對武林中人很頭痛。所幸現在的武林盟主林易光很識趣，再加上皇上性格寬厚，因此國家對武林中人倒是沒怎麼打壓。只是玄天門這麼囂張，既有武力又有財力，當權者應該不會喜歡吧？

想不到方悅兒如此敏銳，輕輕巧巧便避過了她挖的坑，許冷月心裡不悅，臉上仍是雲淡風輕地微笑：「是我的侍女失禮了，我與如意雖是主僕，卻從小一起長大，情分就像是姊妹一樣，完全捨不得苛待她。」

「所以許姑娘是想說我苛待自家侍女？」方悅兒歪了歪頭，轉向身旁的侍女們：「我苛待妳們了嗎？」

幾名侍女笑道：「門主大人說笑了，您素來疼我們，我們吃的用的比某些官家小姐還好，又怎會是苛待呢？」

方悅兒拍了拍胸口：「那就好了，嚇得我呢！」

旁觀眾人聞言看了看侍女的衣服，再看了看許冷月的衣服，皆心想：可不是嗎，許冷月這個大小姐穿的還不如這幾位侍女呢！幾名不喜歡許冷月的女子還忍不住笑了出來。

其實許冷月一直受文人追捧，又一副視金錢如糞土、女子使用華美首飾就是奢靡的模樣，早已得罪了不少未出嫁的閨閣女子。

哪個小姑娘不喜歡打扮得漂漂亮亮呢？偏偏煙雨城因爲許冷月帶動的風氣，她們只得收起心愛的飾物，將自己打扮得愈素雅愈好。

男人喜歡她，年長的婦人又將她視爲完美媳婦的典範，因此許冷月在煙雨城的風頭一直高勁，那些女子即使不喜歡她，也無法說什麼。

現在難得看到許冷月吃癟，她們都幸災樂禍地看熱鬧。

雖然許冷月話中的確暗喻方悅兒苛待侍女，可是她也沒有明說不是嗎？這些話一般女孩子聽著都只能吃下這個啞虧，可偏偏方悅兒卻把話拿在明面上說。

許冷月與其他人再不合，也會維持著表面和平，只是說話有些棉裡藏針而已。身爲姑娘家說話做事如此不留情面的，方悅兒是許冷月見過的第一人。

方悅兒的反應實在過於難以預測，因此許大小姐雖覺得心裡很不舒坦，但還是決定不再與對方糾纏，不然到時不知對方又會說出什麼話。

見眼前這個穿得一身孝似的許姑娘終於閉上嘴巴，方悅兒的幾名侍女便不再理會她，把手中的銀票交給店主，店主立即喜笑顏開地收下了錢。

就在店主接過銀票的時候，異變倏生！

兩名持劍青年突然衝入繡品店裡，而隨後闖進來的，是十多個殺氣騰騰的蒙面男子！

五、蒙面刺客

這些人闖進來，店裡立即飄散一陣血腥味，繡品店裡頓時刀光劍影，驚叫聲此起彼落。

看著這些混戰中的人，玄天門眾人並沒有加入戰團，逕自把方悅兒護得滴水不漏地旁觀著戰況。

其他人都道方悅兒是個廢物，但其實她武功雖然很差，卻看過不少武功祕笈，並且將裡面的招式心法記在心裡，雖只是看了幾眼，卻已看出這群蒙面人所使的武功，正是出自魔教的內功心法！

當年段雲飛打敗魔教教主彭琛後，魔教便解散了，方悅兒並沒有留意武林正道接下來屠魔行動的發展。這幾年魔教在江湖上銷聲匿跡，本以為即使有殘存勢力也成不了氣候，想不到那些魔教殘黨卻公然在大街上追殺人。

魔教行事如此大膽，彭琛沒死這個傳聞似乎真不是空穴來風，也難怪武林眾人拚命尋找段雲飛，想從他口中獲得彭琛的去向。

此時那兩名闖進繡品店的青年已被那些蒙面人打得狼狽，在場不少圍觀群眾已逃離現場，就只有一些待在店裡的倒楣鬼被激戰堵住，無法離開。

繡品店店主看著這幅商品被刀劍劃破、那幅商品被血濺污，心都在淌血了。

雲卓向方悅兒請示：「悅兒，被追殺的兩人之中，其中一人是蘇家少主蘇沐華，我們要幫忙嗎？」

方悅兒聞言不禁訝異，想不到那兩個狼狽的青年，其中一個竟是武林世家的武二代。雖然不知道另外一個的身分，但說不定來頭也不小，於是少女連忙道：「去救人吧，小心安全！」

方悅兒話一出，雲卓與寇秋便出手攻向那些蒙臉的黑衣人。而方悅兒的侍女們則從腰間抽出一把軟劍，將少女護在身後。

侍女們的軟劍不知是以什麼材料所製，平常藏在腰間完全看不出來，現在被侍女們握在手中，卻能看到劍刃閃動著銳利光芒。即使是躲得遠遠的許冷月等人，也能感受到這些軟劍散出來的寒光，顯然並不只是用來裝裝樣子，是絕對能夠殺人的利器。

這些美貌的侍女身爲玄天門主的貼身侍女，自然不是手無縛雞之力的柔弱女子，相反地，她們還是江湖中的一流好手，只是主要責任是貼身侍奉與保護方悅兒，因此才沒有加入戰鬥。

蒙面人人數多，武功也不弱，可是對雲卓與寇秋來說卻不造成任何威脅。自從方毅殞落後，四大堂主能夠支撐起偌大的玄天門，甚至讓門派變得愈益興旺，便能看出他們的能力絕對不差。

事實也的確如此，雲卓與寇秋剛加入戰局，便立即殺得那些蒙面人潰不成軍。這還是在雲卓沒有朝他們出手，只有寇秋邊出手殺敵、邊保護被追殺的兩名青年的狀況下。

至於雲卓，則是與一名玄衣青年交上了手。

實在是這個與人群逃亡方向相反的玄衣青年太過可疑，立即引起心細的雲卓注意。原本雲卓也只打算試探一下對方，偏偏玄衣青年似乎對他的武功很有興趣，雖然並不存殺意，但卻順水推舟地與雲卓打了起來。

結果雲卓愈打愈是心驚，眼前這個貌不驚人的青年看起來年紀與自己差不多，可是武功竟高得驚人。雲卓即使使出渾身解數，竟也無法探得這個人的底。

雲卓相信，要不是這個人沒有傷他的意思，自己只怕無法完好無缺地與他對戰這麼久。雖然雲卓並未與武林盟主林易光交過手，但他直覺以眼前這人的武功，即使與武林第一的林盟主對戰，只怕至少能夠打成平手。

江湖上什麼時候出了這麼一號人物？

寇秋的實力雖然完虐那些蒙面人，可是他既要分神保護蘇沐華二人，又擔心他們的戰鬥會誤傷許冷月這些無辜的人，因此出手多了幾分顧忌。

寇秋見雲卓被後來加入的神祕青年壓了一頭，擔心對方出意外，動作便不禁帶了點急躁，結果便讓那些蒙面人有了可乘之機，分別朝方悅兒與許冷月的方向攻去！

在這些蒙面人看來，方悅兒被四名侍女保護住，身分必然高貴；至於許冷月那邊，既然寇秋剛剛願意保護她，也就是說她有當人質的價值。雖然蒙面人並不知道許冷月與寇秋根本不認識，但在無計可施之下也只能這麼做了，幸運的話，也許可以從中獲得一線生機。

結果衝向方悅兒的蒙面人都被侍女們斬瓜切菜似地幹掉，許冷月則倒楣多了，她的侍女如意並沒有方悅兒的侍女們那般強大的武力值，出事時尖叫一聲便逕自逃開，結果許冷月便被蒙面人一伙挾持住。

「許姑娘！」蘇沐華見狀，一臉焦急地呼喊。要不是他身旁的同伴拉著，他便要不顧自身傷勢趕過去救人了。

方悅兒見到蘇沐華的反應，忍不住露出訝異神情。想不到這個莫名其妙找他們麻煩的許冷月，竟與蘇家公子相識。

現在蒙面人只剩下幾人，即使單憑方悅兒的侍女也能秒殺他們。只不過許冷月在他們手上，眾人投鼠忌器之下只能與對方僵持著。

此時敵我雙方皆全神戒備，誰也沒有注意到被侍女們護在身後的方悅兒，暗暗打出了個手勢。

玄衣青年難得玩得高興，且又找到實力足夠與自己切磋的人，但見無辜的人被抓，此時也不能繼續玩下去了。雲卓見玄衣青年停下了動作，也隨之停止攻勢，卻仍警戒著對方會不會突然向自己出手。

結果已經收勢的玄衣青年還眞的突然發難，只是他這次出手攻擊的人不再是雲卓，而是那幾個挾持許冷月的蒙面人。

如果玄衣青年沒有一時技癢找雲卓決鬥，雲卓與寇秋應該早解決掉這些蒙面人，可以說許冷月之所以陷入險境都是因爲玄衣青年，因此他無法對此事袖手旁觀。

也不知玄衣青年到底修習了什麼輕功，他的動作不僅迅雷不及掩耳，還瀟灑飄逸得很。從他剛剛的速度來看，在與雲卓對戰時果然沒有出盡全力。只怕在玄天門之中，也只有輕功最爲出眾的連瑾才能在輕功上與他比上一比。

玄衣青年的劍很快，卻有一道身影比他更快！

挾持許冷月的蒙面男子只感到握劍的手傳來一陣劇痛，一時拿不穩劍的手一鬆，長劍頓時掉落在地。然而此時男子已顧不得武器了，只見他慘叫著按壓血流不止的手，而流出來的血不是鮮紅色，是代表著中毒的烏黑！

蒙面人中毒的同時，玄衣青年並沒有放過這個救人的大好機會，卓越的輕功使至極致，他抱著許冷月一個瀟灑的轉身便遠遠掠了出去，還在帶人離開前順手宰了另一名蒙面人。

手上沒了人質，剩下的蒙面人很快便被消滅，其中一人還是蘇沐華不顧傷勢殺掉的，也不知道這蘇家少主與許冷月有著怎樣的交情，可以讓他如此不顧傷勢地與人拚命。

誰都看得出來，蘇沐華在許冷月被人挾持時有多著急，而他們也不懷疑蘇沐華的舉動是出於爲她報仇。

然而段雲飛的注意力卻在方悅兒身上。他終於看清楚剛剛讓那名蒙面人受傷中毒並迅速死亡的，正是先前一直乖乖待在方悅兒肩上的小松鼠！

現在麥冬已返回方悅兒肩膀上，正拿著少女獎勵牠的榛子往頰囊裡塞，隨即又再伸手繼續向方悅兒索要，鼓著一張包子臉的模樣很討喜。

要不是剛剛親眼目睹那一幕，誰也想像不到這隻只比手掌大些的松鼠，竟然有這麼強大的殺傷力。

「小姐，妳沒受傷吧？」如意慌張地朝許冷月跑去，並對玄衣青年大聲叫嚷：「你這個登徒浪子，快點放開我家小姐！」

如意跑過來的時候，玄衣青年早已放開了許冷月，聽到對方嚷嚷，青年哼笑道：「妳這丫頭還眞好笑，剛剛要不是我這個登徒浪子，妳家小姐連命都沒了。」

如意生氣地反駁：「你！你還好意思說，我家小姐的清白都……」

「如意！」許冷月立即打斷如意的話。雖然自從新皇登基後，民間風氣變得自由許多，女性的地位也因新皇推行的各種政策而大大提升，但仍是社會中弱勢的一群。世人對女子有著諸多苛刻的要求，這種根深柢固的觀念並不是短短數年就可以扭轉的。

許冷月出身的許家是經歷了三代皇朝的世家，許家家風守舊，家族中的女子至今仍要背誦女誡，並以此爲教養準則。因此，許冷月完全可以想像要是剛剛如意的一番話流傳出去，家族將會怎樣處置她。

一個名聲受損的女兒，家裡要不立即把她嫁出去，要不便讓她削髮爲尼，即使她是許家嫡長女，也無法擺脫這可悲的命運，無論哪一種，她這生都完了。

許冷月受各才子貴人追捧，性子高傲，她自信憑著自身容貌與才情，即使入宮爲妃也是足夠的，只是不屑與其他女人爭寵罷了。她連皇帝都看不上，又怎會看得上這個只見過一面、毫不起眼的青年？即使冷清如她，聽到如意的話也不禁神色大變，立即出言打斷。

如意受到許泠月的斥責，一臉泫然欲泣，卻不敢再說什麼，立即閉上了嘴巴。

蘇沐華用看情敵的目光狠狠瞪了玄衣青年一眼後，立即走到許泠月面前大獻殷勤：「許姑娘，妳沒事吧？有沒有受傷？」

「我沒事，蘇公子有心了。」許泠月向蘇沐華微微一頷首，雖然表現得很冷淡，但蘇沐華完全不在意。蘇許兩家是世交，許泠月從小就冷冷淡淡的、不喜歡說話，但蘇沐華偏偏就喜歡她這種高傲又仙氣十足的模樣。

方悅兒好奇地把視線投向明明救了人、卻被對方厭棄的玄衣青年。雖然方悅兒武功不高，眼力卻很不錯。剛剛這人明顯是耍著雲卓玩，一個路人甲竟有著這麼高強的武功，她立即便留意到了。

然而還不待方悅兒與這個不知敵我的路人甲套交情，便見那名與蘇沐華同行的青年一臉焦急地向雲卓提出請求：「我曾經遠遠見過你，知道你是玄天門的雲堂主。我們被那些蒙面人追殺，逃走時我的兄長與我們分開了，你可以幫忙把他救回來嗎？」

玄天門四大堂主在江湖上很出名，而且不同於宅在家裡的方悅兒，他們經常外出進行各種任務，因此雲卓並不意外這位素未謀面的青年認識自己。

解決了敵人後，雲卓現在這才有空細看這個被蒙面人追殺的倒楣青年。只見對方竟長得意外地出色，二十多歲的年紀，溫潤如玉、翩翩絕世佳公子這些形容，簡直就像爲他而取的。

樣貌這麼出色的人，雲卓可以肯定若自己見過，絕對不會忘記，而現在仔細一看，發現對方容貌竟還眞有些面熟，只是一時卻想不出到底在哪裡看過與他容貌相似的人，便問：「你的兄長是……？」

「在下梅煜，被歹人追殺、現在生死不明的兄長正是白梅山莊少主梅長暉，懇求玄天門能夠伸出援手。」說罷，梅煜便向雲卓等人彎腰一揖。

梅煜的話成功把方悅兒的注意力從段雲飛身上引了開來，少女好奇地小聲詢問身旁的寇秋：「欸，秋天，梅莊主不是只有一個兒子嗎？什麼時候多了一個小兒子，而且還是個大帥哥？」

方悅兒見過白梅山莊的莊主梅青影及其長子梅長暉，回想起來二人容貌的確與梅煜有些相像。

不過光看外表，那位身爲少莊主的兄長卻比不上眼前的梅煜。雖然梅長暉也可稱得上是帥哥，可是相比之下，梅煜無論氣質還是容貌都高上一籌。

明明五官有些相像，可只是拼湊出來的些許差異，便使兩張臉變得不同起來，而梅煜的長相明顯比他的兄長精緻亮眼得多了。

寇秋聽到方悅兒的詢問，愣愣地回答：「我也不知道啊！上次去白梅山莊出診，也沒見過這個人。」

玄天門前門主方毅愛武成痴，生平最大的愛好便是與不同高手比拚武功，往往對戰時都會添上武功祕笈當彩頭，面對魔道中人，他更是毫不手軟地直接殺人抄家。

結果方毅在武林闖下偌大名聲的同時，更讓玄天門的藏書閣在不知不覺間塞滿了各式各樣的武功祕笈。

這些祕笈方毅都是讓雲卓他們挑選有興趣的來學習，而他這位門主大人則是從旁指引；如果連方毅也不懂，便讓他們自行摸索。

因爲方毅這種放牛吃草的培養方式，再加上孩子們的興趣不同，所以玄天門四大堂主各自擅長的領域都不一樣。

雲卓擅使劍，雖然沒有了慣用的右臂，可是他的左手練得比很多人的慣用手更加靈活，同時也是四人之中武功最高的；連瑾輕功最好，擅長點穴，武器是一把鋼骨打造的扇子，方悅兒覺得那扇子根本是用來賣弄的；幽蘭擅長陣法與卜卦，這位沉默寡言卻長相絕美的三堂主，卜卦的準確程度像是有預知能力似的，而玄天門外圍的護派大陣正是幽蘭的傑作。

至於寇秋則擅長醫術。寇秋出身醫術世家，父親是醫術很好的大夫，可惜醫術再好也無法與天奪命。寇秋的父親因爲救不了一名達官貴人而被記恨，死者一家財雄勢大，親屬都是會記仇的小人，將親人死去的悲傷化作了仇恨，遷怒於寇秋一家，寇秋一家還因此被那些人下令殺手滅門。

當時方毅正好路過，順手殺了歹人、救出被父母藏起來的寇秋。寇秋來到玄天門後沒有放棄家族的醫術，飽覽眾多門派珍藏的醫書後竟自學成才，更因出色的醫術而被各門派奉爲上賓。

寇秋的武功是四人之中最弱的，可是醫毒一家，他能造成的殺傷力並不比其他人低，而且比起明刀明槍，更讓人防不勝防。

例如方悅兒養的松鼠麥冬，牠的唾液中有著劇毒，被麥冬咬傷的人會迅速失去活動能力，要是沒有解藥，很快便會死去。同時麥冬也比一般松鼠強壯，行動速度極快，這些都是寇秋使用藥物餵養出來的效果。

因爲他高強的醫術，加上性格傻呼呼的很好說話，因此各門派有什麼疑難雜症都會找他幫忙。對此，方悅兒等人都樂見其成，既然寇秋喜歡研究醫術，就讓他往這方面發展，只是寇秋出外診的費用很高就是了。

但寇秋也因此認識了很多武林各門派的人，而且關係都不錯。畢竟得罪任何人也不要得罪醫術高明的大夫啊！誰能保證自己一輩子都沒有病痛？尤其身處江湖中，受傷總是免不了，與醫術高強的大夫保持良好的關係，出事時才好找人幫忙嘛！

白梅山莊便是寇秋曾出診的地方，因此他說在那裡沒見過梅煜就有些奇怪了。以寇秋玄天門堂主的身分，當時連梅青影都親自出來接待了，如果梅煜眞是對方的兒子，絕沒有不現身相迎的道理。

雖然方悅兒說話的音量不算高，可習武之人耳目聰敏，梅煜還是聽到了少女的話。對於方悅兒的質疑，梅煜並未因此不高興，反倒彬彬有禮地解釋：「因為我只是梅家庶子，所以沒有接待貴客的資格。」

梅煜這句短短的解釋，包含的意思可多了。要是他的身分為眞，再加上剛剛那番話，那麼他這個庶子在家的生活只怕艱難得很。

但無論梅煜在白梅山莊的處境如何，他在經歷了一番生死危難後仍不忘為兄長搬救兵，可見是個重情義的人。

此時蘇沐華終於從見到心目中女神的花痴狀態中解放出來，並且總算想起那位被他遺忘的同伴，適時為梅煜解圍：「對對！梅大哥的確是梅家庶子沒錯，那些蒙面人追殺我們的時候，梅少莊主與我們走散了，懇求玄天門能夠伸出援手。」

說罷，蘇沐華便向方悅兒拱一拱手。不處於花痴狀態的蘇家少主智商還是在線的，從剛剛玄天門眾人的互動中，他已看出方悅兒才是這一行人的頭領，同時也對這位長得一臉清純無辜、看起來只是個被嬌寵的富家小姐的身分有了一些初步猜測。

蘇沐華清楚記得，玄天門現任門主就是一個沒什麼作爲、嬌滴滴的大小姐，這倒與眼前少女的模樣很相符。

而在場眾人聽到蘇沐華剛剛對梅家兩位公子的稱呼，也忍不住多想了些。蘇沐華親暱地喊梅煜爲「梅大哥」，而對梅長暉則是很中規中矩地稱呼「梅少莊主」，其中的親疏一目了然。

蘇沐華與梅長暉同樣身爲「武二代」，無論從身分地位，還是往後的利益發展來看，兩人都應該比較友好才對。

但偏偏誰都能看出，相較於梅長暉這位白梅山莊的正統繼承人，蘇沐華顯然更喜歡與梅煜這個庶子結交，這就很耐人尋味了。

到底是梅長暉難以相處、性格不討喜，還是梅煜這個人太出色，把梅長暉這位白梅山莊少莊主比下去呢？這就不得而知了。

以方悅兒的觀察，梅煜這個人就像是從畫中走出來的翩翩佳公子，一舉手一投足都讓人覺得他是個溫柔無害的人。雖然很賞心悅目沒錯，可怎麼看，這文雅的人都是像書生多於像武者。先前被蒙面人追殺時，能看出梅煜的武功並不高強，不知他這個不受重視的庶子，是否被人故意養廢了。

「既然白梅山莊的少莊主有危險，我們同爲武林正道，救助同道自然是義不容辭。」方悅兒越過了梅煜求助的雲卓，直接應允他們的請求，間接證明蘇沐華的猜測——她才是玄天門的老大。

蘇沐華不禁慨歎他們的好運氣，煙雨城並不是蘇家與白梅山莊的勢力範圍，這次出了事，他與梅煜都不知該怎麼辦才好，想不到卻幸運遇上玄天門的人出手相助，而且還是門主大人親口允諾幫忙救人。

雲卓見方悅兒發話，便向兩人簡單介紹了方悅兒的身分。

正所謂救人如救火，雲卓他們對自身的武力值很有自信，便沒有回去品雅軒找人幫忙，而是決定直接前去救人。

無法成爲戰力、不扯後腿就好了的方悅兒卻一臉興致勃勃地也想跟去。對此，素來秉持著「門主大人開心就好」理念的雲卓他們，並沒有打斷她的興致。梅煜與蘇沐華二人雖覺有些不妥，但現在是他們求人幫忙，也不敢反對對方同行，要是惹得方悅兒不高興、玄天門對此事撒手不管就糟糕了。

方悅兒沒有要帶剛剛買的一大堆戰利品同行，並留下了其中一位侍女香櫞，讓她負責處理貨物，通知品雅軒等後續事情。

雖然蘇沐華很想送受到驚嚇的女神回家，但此時也不好捨棄梅煜離開，便只得依依不捨地與許冷月道別。

六、段姓青年

一行人離開了繡品店，便發現那位不久前與雲卓打了一場、一直被大家有意無意忽略的神祕青年，正一言不發地尾隨在他們身後。

這麼一個大活人，雲卓他們當然不會眞的把他忘了。只是這位「路人甲」身分成謎，出現得也太突然，最重要的是他們打不過對方。懷著「惹不起我總躲得起」的心態，他們便不約而同地選擇無視對方。

然而這個不明底細的人，卻似乎打著一直尾隨他們去救人的主意，那麼方悅兒等人可不能繼續無視下去了。

「這位兄台，非常感謝你剛剛幫忙救了許姑娘，只是現在我們急著救人，只得與兄台別過了。」雲卓向青年拱了拱手，想要打發人離開。

青年笑了笑，明明是一張路人甲的臉，可是一展現這率性的笑顏，臉龐竟彷彿明亮了起來。

大家都說方悅兒有著一種高貴的氣質，她本人對所謂的「氣質」卻是無感，對此總是存有疑問。她覺得自己明明走的是可愛路線（？），心想大概是他們看到的都只有那些包圍著她的昂貴衣飾吧？

在方悅兒看來，氣質這種東西摸不明看不著，金銀財寶卻是看得見的。大概在其他人看來，這就是她的萌萌噠氣場有了貴氣加乘的關係。

然而現在看到這個外表平凡無奇的青年後，方悅兒卻不得不慨嘆所謂的「氣質」原來眞的存在。

明明青年的長相一點都不起眼，只有一雙眼眸明亮懾人，可是他卻在言行間讓人感覺到不被世俗約束的瀟脫，愈看愈覺得與他的長相有種違和感，方悅兒認爲對方並不適合那麼寡淡的長相。

雖然這平凡的長相一點都不影響對方出色的氣質就是了，只是讓外貌協會的方悅兒覺得有些失落。

青年似乎聽不出雲卓話裡讓他別再跟著的意思，應該說，他根本不在意雲卓他們的想法，顯然是想跟所以就跟來了。他說道：「我對那群蒙面人滿有興趣的，就跟著你們過去吧！」

一旁的梅煜上前道：「這位兄台，我們是趕著去救我的兄長，兄台與我家兄長素不相識，我又怎能讓你爲了我們而犯險呢。」

雖然梅煜依舊一臉溫柔有禮，可是方悅兒總覺得他這番話的潛台詞是：我完全不知道你是哪根蔥，哪兒來的回哪兒涼快去，別跟著來添亂了！

結果青年卻揚了揚下巴：「沒事，我不介意。」說罷，他想了想又補充：「我姓段。」

饒是最溫和的梅煜，也差點被青年的厚臉皮氣得吐出血來。

你不介意，我們介意呀！

即使你說了自己的姓氏，我們還是不熟呀好不好！這樣就算認識了嗎？

而且你只說出姓就算了，連名字也沒有交代，有沒有這麼小器的!?

對著段姓青年這個說又說不通、打又打不過的傢伙，所有人都犯難了，結果還是方悅兒拍板道：「救人如救火，我們也沒有時間繼續在這兒浪費，這位段公子想跟的話就讓他跟著好了。」

雲卓還想說什麼，可是看到方悅兒意有所指地眨了眨眼睛以後，便把想說的話吞回肚子裡。

方悅兒雖然武藝不精，可是卻有著小動物般的神奇直覺，簡直稱得上是趨吉避凶的良器。

在玄天門裡，四大堂主負責賺錢養家，門主大人負責貌美如花。身爲玄天門門主，方悅兒大都把事情的決策權交給雲卓他們，但只要是她直接下的命令，之後的結果皆證明她的選擇都是正確的。

最有趣的是，方悅兒並不是扮豬吃老虎，她是眞的沒有多想，只憑直覺行事。往後要是問她爲什麼會做出這種決定，她自己也答不上來，絞盡腦汁思索後也就只能回答說覺得這樣做比較好。

方悅兒既然出言讓這位神祕的青年同行，至少代表對方對他們並沒有心懷惡意，只是有沒有其他企圖就不得而知了。

這名段姓青年武功高強，雖然雲卓與寇秋二人聯手並不是沒有一戰之力，可是也必定要付出些代價。而現下最重要的是趕去救人，繼續耽誤下去，或許梅長暉便已經嗝屁了。

於是他們只得無視身後那隻姓段的跟屁蟲，使出輕功，在蘇沐華二人的帶領下，朝城外掠去。

✿

蘇沐華三人是在城外山坡遇上蒙面人的伏擊，那地方離城並不遠，再加上有侍女們傳出內力支撐，以方悅兒的蹩腳輕功也能直接趕過去，甚至在趕路之餘，還有餘力與蘇沐華他們說話：「你們能猜得到那些蒙面人是什麼人或什麼勢力派來的嗎？」

蘇沐華一臉鬱悶地說道：「這還真的不知道，雖說人在江湖，總會有得罪人的時候，只是我還未接手家族事務，在江湖上只是個沒有實權的小輩，實在想不到有什麼人會這麼大費周章地派刺客來刺殺我。」

梅煜也表示摸不著頭緒：「我在江湖上名不見經傳，應該不會是那些蒙面人的目標。不知這些人是衝著蘇兄，還是衝著兄長來的。」

眾人邊說邊趕路，很快便來到了蘇沐華二人與梅長暉失散之處。

「我們就是在這裡與兄長失散的。」梅煜道。

與蘇沐華二人走散的梅長暉，以及一眾蒙面刺客早就不知所蹤，徒留地上刺客的屍體、血跡，以及樹幹上的劍痕，間接證實了這裡曾發生一場惡鬥。

所幸眾人察看了一遍地上屍體，確認全都是刺客，並沒有眾人正在尋找的梅長暉。

「看！屍體身上有刺青！」其中一名死者被劍從右肩斜切而下，留下一道很深的傷口，衣服也因此破開，正好讓人看到他鎖骨上的一枚刺青。

「這……這是魔教的刺青，他們是魔教中人！」蘇沐華驚呼。

聽說魔教重現江湖，方悅兒想不到那些人竟囂張至此，追殺梅長暉他們後也不清理地上的屍體，顯然是不介意被人知道是魔教下的毒手。

確定了蒙面人的身分後，這裡便再也找不到其他有用線索。蘇沐華問：「你們說……梅少莊主會不會和我們一樣，在被追殺的過程中逃進了城內？」

方悅兒道：「也不排除這個可能。只是我讓香櫞回到品雅軒將這次的事告知陳老，現在陳老應該已派人手在城裡尋人，可至今我們仍未收到任何消息，因此梅少莊主還在城外的可能性比較大。你們還記得走散時，梅少莊主是往哪個方向逃走嗎？」

「那些蒙面人突然衝出來，不由分說便向我們下殺手。那時我只顧著殺敵，並沒有注意到梅少莊主的狀況。後來我不小心被其中一名蒙面人的掌風掃到，一口真氣被堵住提不上來，要不是梅大哥及時趕回來殺死那名蒙面人，使出輕功揹著我逃跑，只怕我已經死了。」蘇沐華回憶起當時的狀況，不禁一陣後怕。

方悅兒奇怪地詢問：「你們遇襲時，梅公子不在嗎？」

梅煜解釋：「那時我正在河邊取水，聽到聲響立即趕回去，正好看到蘇公子被一群蒙面人圍攻，當時兄長已經不知去向。後來蘇公子說蒙面人的人數少了一部分，應該是追殺兄長去了。」

「梅少莊主被圍攻時有受傷嗎？此處有沒有留下他的血跡？」寇秋問。

當時唯一在現場的蘇沐華不好意思地搔了搔臉，道：「呃……我當時沒有注意到……」

方悅兒問：「秋天，你有辦法？」

寇秋伸出手，他的食指上不知何時停駐了著一隻小小的金色甲蟲。少年解釋道：「這小東西喜好血食，對血液非常敏感，追蹤能力可比獵犬強大得多了。要是這裡留下梅少莊主的血，牠便可以藉此追尋到他的行蹤。」

蘇沐華與梅煜聽到乖巧待在寇秋指頭的甲蟲以血為食，看牠的眼神頓時變得驚慄，養這小東西的寇秋在他們眼中連帶變得凶殘起來。

雖然這隻甲蟲體積小得他們一掌就能拍死，可是終究還是讓人感覺有些不舒服。而且仔細想想，寇秋這傢伙突然就弄了一隻會吸血的甲蟲出來，在此之前，誰都不知道他身上藏有這麼一個小東西，說不定還不只藏著一隻，而是數十、數百隻呢？

蘇沐華與梅煜光想就覺得身上癢了起來，起了一身雞皮疙瘩。

反倒是玄天門眾人，以及那位硬要跟過來的段姓青年聞言後神色不變，青年甚至還對甲蟲表露出很感興趣的模樣，興致勃勃地問寇秋：「這是蠱嗎？」

寇秋搖了搖頭：「培養蠱的方法太過殘酷，我並沒有這樣做。這只是我用藥物培養出來的小玩意。只要持之以恆地餵食特定藥物，這些甲蟲歷經了數代後……」

難得有人對他的玩意感興趣，因此寇秋不知不覺便說得多一些，卻沒有發現一旁的蘇沐華與梅煜臉都綠了。

如何將普通甲蟲煉成吸血蟲這種課題，他們眞心不想了解好嗎!?

「可惜也不知哪些血跡是屬於梅少莊主的，不然讓小傢伙追蹤過去，就可以省卻很多麻煩。」對於自家愛寵失去表現的機會，寇秋深感惋惜。

「追蹤地上的血跡不就好了嗎？」段姓青年道。

方悅兒道：「秋天不是說了嗎，要有梅少莊主的血才能追尋到他的位置啊！地上的血跡都不知哪些是他的……不，應該說梅少莊主是否受傷也不知道呢！」

段姓青年嗤地不屑笑了聲：「笨蛋就別說話了，顯蠢。」

「明明就是沒辦法的事，我哪裡蠢了？」方悅兒氣鼓鼓地說道。可惜她那雙水汪汪的杏眼加上不笑也些微上翹的嘴角實在太討喜，再生氣也完全沒有威嚇性，只會讓人想捏捏她鼓起來的臉頰。

「雖然不知道蒙面人是衝著白梅山莊還是蘇家而來，可是蒙面人要把他們三人幹掉是肯定的。姓蘇的也說過了，他們逃走時發現蒙面人的人數少了一部分，應該是去追殺梅長暉。那麼，如果這些蒙面人之中有人受了傷，而我們跟著那人，不就能知道梅長暉逃跑的方向了嗎？」

說到這裡，段姓青年一臉懷疑地詢問：「話說你們的武功不怎麼樣……這裡的血該不會全是你們的吧？」

蘇沐華聞言，快被對方的話氣得吐血：「當然不！我們也殺傷了不少刺客好嗎！那些蒙面人之所以能擊敗我們，只是因爲佔了人數之利。我們在逃離之前，可是讓他們折損了不少人。我武功再不濟，也是武林中有名的後起之秀！」

蘇沐華說這番話時，完全沒有想到他身邊的梅煜因爲庶子身分，在江湖中一直寂寂無聞。要是梅煜是個心胸狹窄之人，說不定已經懷恨在心，幸好他是個大度的君子，並不介意蘇沐華情急之下話裡的失誤。

段姓青年聽到蘇沐華的回答，便道：「那不就好了嗎，既然你們殺傷了不少蒙面人，說不定當中就有些受了傷的去追殺梅長暉呢。」

方悅兒道：「可是那些蒙面人分散了啊，一部分追殺梅少莊主，一部分追殺蘇公子他們，我們怎麼知道追蹤的是哪一方的人？」

段姓青年沒好氣地說道：「所以說妳笨，那些蒙面人不是追著梅長暉就是追著蘇沐華二人。要是我們挑中了走向煙雨城的路，就知道是不對的方向，那再追蹤其他血跡不就好了嗎？」

方悅兒聽完對方的解釋，想了想，這才愣愣地說道：「好像也對喔！」

段姓青年見方悅兒完全不生氣，反倒嬌憨地附和著自己的模樣，原本還想取笑她，現在只好默默吞回要說出口的話，沒好氣地說道：「什麼好像也對，我說的話就是對的！」

既然已經想到方法，那就事不宜遲，寇秋讓甲蟲吸了些地上殘留的血液，隨即這隻經過訓練的小甲蟲便朝著某個方向飛去。

眾人的運氣很不錯，一選便選對了血跡。他們跟隨著甲蟲深入樹林，沿途還能看到一些戰鬥的痕跡及倒臥在路邊的屍體。

「欸，牠怎麼不走了？」蘇沐華問。

一直在前方領路的甲蟲，飛至一個位置後便停止了前進，在半空繞了兩圈後飛回到寇秋身上。

寇秋取出一個木造小筒，甲蟲便自動自發地飛了進去，隨即少年手一翻，那圓筒已不知被他藏到哪裡去了。少年說道：「血腥味到這裡便沒有了。要不血跡的主人死在這裡，要不便是那人在這裡已處理好事情，有多餘時間將傷口處理妥當。」

梅煜聽到寇秋的話，臉色頓時變得難看起來。要是前者，那他們便斷了線索；要是後者，也就是說受傷的蒙面人已經解決掉目標，可以有時間處理傷口，這樣一來他的兄長還有命嗎!?

方悅兒看了看梅煜，隨即拉拉雲卓的衣袖小聲說道：「我覺得這個人怪怪的。」

如果她像梅煜那樣，從小不受家裡重視，甚至也許還受到了某種程度的苛待。明明長得頗爲出色，武功雖不算頂尖卻也不弱，可是江湖中卻從沒聽聞過他的名聲，甚至無人知道梅莊主除了梅長暉還有一個兒子，說不怨恨絕對不可能。

然而梅煜卻對梅長暉彷彿沒有任何怨言，梅長暉遇險，他比任何人還緊張。這可能嗎？

雲卓聽得出方悅兒的弦外之音，他揉了揉少女的頭髮，道：「也許他們兄弟倆的感情很好吧？不用管這麼多，反正我們又不是要與他深交。」

方悅兒想了想覺得有道理，就把這件事放在一旁了。雲卓說的對，這次事情過後他們應該與梅煜沒什麼交集了，管他是眞情還是假意呢。

「是梅少莊主！他在這裡！」就在他們二人說話之際，某處傳來了蘇沐華的呼喊聲。

方悅兒掃視四周，卻看不到蘇沐華在何處，雲卓指著不遠處的斜坡：「他在斜坡下面！」

還不待他們趕過去，蘇沐華便已扛著梅長暉慌慌張張地回來了。

方悅兒看到渾身血跡、雙目緊閉的梅長暉，差點以爲這人已經死了。不過在寇秋急救處理後，卻發現對方還活著，只是他現在的模樣，也許死了還比較幸福。

梅長暉丹田被廢、脊椎被打斷，從此不但無法使用內力，可能連生活也無法自理了。

即使寇秋醫術再高明，面對這種情況也頂多只能保住對方性命。這位白梅山莊少莊主已經算是廢了。

寇秋雖然年紀輕輕但醫術精湛，如果連他也沒有辦法，其他大夫只怕同樣無能爲力。

「真狠啊……那些人不直接殺他，卻讓他生不如死，這到底有多大的仇恨？」方悅兒小聲說道。

侍女半夏道：「門主，妳有所不知，那位梅少莊主可不是個好相處的。他得到這種下場，其實並不意外。」

方悅兒的侍女分別名爲半夏、白芍、山梔，以及留在煙雨城的香櫞。她們都是方悅兒小時候所親自挑選，方悅兒喜歡漂亮亮麗的東西，因此當年她之所以挑選這幾名侍女，除了被她們四胞胎的身分吸引，還因爲四人都是小小的美人胚子，光是放在身邊便已夠養眼。而侍女們長大後，也不負門主大人的期望，全都成長爲讓人眼睛一亮的美麗可人兒。

這些侍女都是玄天門的弟子，方悅兒並不像那些高門貴女那樣把她們訓練得一身奴性，也從沒有視她們爲奴婢看待。少女把這些侍女視爲心腹手下，也因爲從小一起長大，說是情同姊妹也不爲過。因此侍女們在方悅兒面前說起梅少莊主的八卦時，一點忌諱都沒有。

身爲侍女，她們主要的工作是待在方悅兒身邊侍奉她，因此方悅兒喜歡宅在玄天門裡，這些侍女也只得與門主大人一起當廢宅。然而相較於鮮少關注江湖事的方悅兒，侍女們對武林中各種事情卻是了解得很。

一眾侍女驕傲地表示，身爲出色的貼身侍女，把武林各大門派重要人物的關係全都背下來是常識好嗎！

主子不喜歡記著的東西，就由她們來記！

山梔聞言補充：「這個梅長暉人前人模狗樣的，其實是個好色之徒，不少美貌的姑娘都被他禍害了，只是他有白梅山莊爲他擦屁股……哎呀！白芍妳爲什麼打我？」

白芍臉紅紅地小聲罵道：「妳別說那麼粗鄙的話，會教壞門主的！」

一旁的半夏假咳了聲：「總而言之，梅長暉得罪的人可多了，就是不知道他怎麼得罪了魔教。該不會他搶了魔教教主的女兒回去吧？」

山梔道：「彭琛已經被段雲飛打敗了，是『前』魔教教主才對，何況彭琛也沒有女兒。」

正所謂一個女人等於五百隻鴨子，現在雖然一名侍女缺席，但還有一千多隻鴨子在。當侍女們開了一個話題後，便吱吱喳喳地爲方悅兒惡補不少梅長暉的惡行，所以方悅兒再把視線轉向被人虐得不要不要的梅長暉身上時，已經一點都不覺得對方可憐了。

方悅兒見寇秋已穩住梅長暉的傷勢，便道：「既然已經找到梅少莊主，我們先回去……」

方悅兒話還未說完，便見一群蒙面黑衣人突然殺出！

「啊啊！」

「門主大人！」

雖然敵人出現得很突然，但以玄天門等人強大的武力值，應該是完全不怕他們才對。畢竟無論是兩名堂主，還是門主大人身邊的侍女們，全都是能以一敵百的高手。

問題在於，他們身邊有個稱號爲「門主」的豬隊友。

方悅兒被突然出現的黑衣人嚇了一跳，不小心滑了一腳……接著，站在斜坡旁的她，便很悲催地稀里嘩啦地滾落下斜坡。

眾人：「……」

玄天門眾人看著少女像顆球似地驚叫著滾下了山坡，雖然知道山坡不高，絕對死不了人，但仍都露出了驚嚇的神情。

蒙面刺客一行人見玄天門眾人對方悅兒的著急，彼此對望了一眼，推測那位失足的少女地位絕對不低，於是皆不約而同地朝山坡下掠去！

七、人皮面具

玄天門眾人見狀，頓時急了！

喂喂！你們不是衝著蘇沐華或梅煜來的嗎？他們在後面呀，你們去抓咱家門主幹嘛!?

就在玄天門眾人急著追上去之際，一道人影以令人驚歎的速度掠出，而且掌風一掃，便將跑在最前頭的幾名蒙面人打飛！

不用看清楚長相，光是對方如大鵬展翅般的好看身手，眾人便知道是那位神祕的段姓青年了。

雖然對段姓青年的身手有信心，可是玄天門眾人並沒有因此鬆懈下來，仍是一邊與一眾蒙面人交手，一邊努力朝方悅兒跌落的方向靠攏。畢竟他們不認識這青年，甚至連他的名字也不知道，可不敢將方悅兒的安全託付給對方。

此時，讓雲卓等人憂心萬分的方悅兒，終於滾到了斜坡下方，從一顆球的狀態成功變回一個人。

方悅兒只覺得渾身像是散了架似的，想試著站起來，才發現腳扭到了，而且扭傷的腳完全使不上力。少女只得忍著傷痛，把身體重量集中在那隻沒有受傷的腳上，搖搖晃晃地站起來。

方悅兒皮膚嬌嫩，光滑細緻得彷彿能夠擰出水來。除了她先天膚質特佳，還有一眾侍女們辛辛苦苦為她保養，並且花費大把金錢，才能維持這樣的效果。

精緻的食物、昂貴的護膚品，穿的用的都是綾羅綢緞養出來的嬌嫩皮膚，卻是比一般人更容易受傷。滾落山坡時，方悅兒手臂外側被撞出一道道瘀傷，青青紫紫地浮現在雪白肌膚上，充滿著強烈對比，看起來非常嚇人。

方悅兒想到那些突然出現的蒙面人，站起來後並沒有立即折返回去與同伴會合，反而躲進斜坡下的樹叢裡。

果然，她才剛躲起來不久，兩名好不容易越過眾人阻攔的蒙面人便急追而至。這兩名蒙面人現在已有些後悔剛剛想揪著軟柿子捏，對那個滾下斜坡的少女出手了。

少女雖然很弱，可是她的同伴很強呀！他們追著少女而去的舉動，顯然完全觸及了那些強者的逆鱗。本來只是想試探一下這些與目標一起行動的人，結果卻惹來了滅頂之災！

現在那些蒙面人已經騎虎難下，既然拔了虎鬚被對方記恨上，那就只能抓住少女讓對方投鼠忌器。至於這次刺殺的目標……還是待他們有命離開後，再從長計議吧。

於是明明與這件事無關的方悅兒，便莫名其妙成了這些蒙面人的首要目標……

此時方悅兒還不知道自己無辜中箭，只是憑藉自己的小心謹慎，暫時避開了與追過來的蒙面人打照面的危機。

少女小心翼翼地藏身在樹幹後，她知道憑那些蒙面人的武功無法阻攔雲卓他們多久，她只要堅持片刻，待他們趕過來就好。

偏偏那些蒙面人卻選擇朝她藏身處的方向進行搜索，方悅兒見敵人離自己愈來愈近，忍不住慌張起來。她抬頭看向自己頭上方的大樹枝幹，想著該不該趁著那些蒙面人還沒找到自己前，躍上樹好躲過他們的追蹤。

僅管方悅兒只有三腳貓功夫，再加上腳受傷，但要躍上枝幹並不難，可是卻不可能做到無聲無息。只怕一動，立即就被蒙面人發現了。

就在方悅兒苦苦思索該如何脫身時，突然被人摀住了口，隨即腰間一緊，整個人騰空而起！

「別說話。」耳畔傳來男子低聲的警告，方悅兒已被那位段姓青年穩穩帶到了樹枝上。

「欸，你這人怎麼這麼無聊呀？明明以你的武功可以打倒那些蒙面人，躲什麼躲呀？」方悅兒一點都沒有被救的驚喜，只覺得這個人腦子眞的有病。

她卻不知道段姓青年藉著帶她上樹的動作，偷偷探了下她的經脈，確定她是眞的沒有內力，並不是裝的。

「我樂意，妳管得著嗎？」段姓青年揚了揚下巴說道：「我說妳身爲方毅的女兒，竟被幾個小毛賊嚇住，眞是丟妳父親的臉。」

方悅兒聽到段姓青年的話，卻是很臭屁地把對方先前的話回敬給他：「我樂意，你管得著嗎？」

短短一輪對話，這兩個人立即相看兩厭起來。

方悅兒認爲，即使這個人剛剛幫了自己，可她就是覺得這個人很煩。方悅兒心裡也知道，其他人表面上敬著自己，但其實心裡都看不起她，可是至少因爲她玄天門門主的身分，誰也不會當著她的臉嘲諷她虎父犬女。再加上這人的語氣特別氣人，方悅兒就更覺得不爽了，只能歸咎於他們彼此實在八字不合。

段姓青年睨了她一眼，隨即竟像抓小貓小狗似地抓住她的衣領，作勢就要將人丟下樹，嚇得方悅兒哇哇大叫。

兩名蒙面人不是聾子，聞聲立即雙目一亮，雙雙使出輕功往樹上掠去。可惜他們才剛躍起，便不知道被什麼打中，一起摔落在地，再也沒有聲息。

方悅兒依然被段姓青年抓住衣領，在半空晃蕩，她看著眼前戲劇性的發展，突然生出一種同病相憐的感觸。

他們也是逃不過段大魔王魔掌的可憐人呀，嚶嚶嚶……

段姓青年還故意在半空晃了晃方悅兒，不過經過最初的驚嚇後，少女反倒不害怕了。反正即使對方眞的放手，這高度以方悅兒的輕功還是能安然落地。

眼見嚇不到對方，段姓青年也就只好放她回樹幹上。結果方悅兒卻突然向他快如閃電般地出手，以掌爲刀，迅速橫劈向他！

段姓青年饒有趣味地挑了挑眉，覺得對方簡直就是以卵擊石，並伸手格擋她的攻擊。只是在出手後，他卻立即想起方悅兒身上並沒有內功護身，他這含有內力的一擊要是真的出手，少女必定受傷。

於是段姓青年便立即收回力道，結果方悅兒彷彿像早已猜到對方會對自己留手，趁他倏地收回力道的瞬間變招。段姓青年見狀冷笑，正要跟著變招時，只見一道雪白的小小殘影朝他飛撲而來！

段姓青年發現是方悅兒的松鼠，下意識伸手想要擊落，然而下一秒想起了那隻松鼠的牙齒帶毒。他想到那小東西的毒性，被牠咬到可不是說笑的。

於是青年迅速頓住想要抓牠的動作，改爲手一揮，把牠捲在衣袖裡。

就是這瞬間的阻擾，讓方悅兒成功將段姓青年臉上的面具扯了下來！

是的，這個人展現在眾人面前的面容是假的！

「果然，我沒有猜錯。段雲飛，我抓到你了！」

少女一雙杏眼因開心而變得閃閃發亮，也不知是興奮還是因剛剛激烈的動作，臉頰泛起一陣紅暈，在雪白無瑕的皮膚上非常顯眼，明亮艷麗的模樣讓人移不開視線。

被方悅兒喜孜孜的視線盯著，段雲飛覺得她就像一頭興奮的小動物，心裡不禁軟了下來，因身分被識破而生出的悶氣也散去不少。

也不怪段雲飛會不小心讓方悅兒得手，實在是對方的長相太有欺騙性。一雙水汪汪的杏眼、甜甜的酒窩、粉粉嫩嫩的皮膚，這個像隻大型娃娃的少女，任誰都會覺得她是個溫和無害的人。

誰會想到這個掛著一副好欺負的外表、實際上也是沒啥武力值的小姑娘，會這麼大膽地突然對自己出手!?

剛剛段雲飛雖然沒有用內力，可是招式上並沒有故意讓著她。雖說方悅兒的攻擊出其不意，而且輕敵的段雲飛也沒有認眞反擊，但她能成功扯下他的面具，光以招式而言，她的身手竟讓段雲飛感到驚艷。

平常人敗了即使不惱羞成怒，心裡或多或少也有些不高興。可是段雲飛卻不是有著尋常思考模式的人。他是那種愈被打壓愈覺得有趣的性格，難得的失敗反倒取悅了他，覺得剛剛的事情非常有趣。

段雲飛原本因爲覺得方悅兒被蒙面人逼得東躲西藏實在是丟方毅的臉，便暗自決定把人掛在樹上個半天，卻因被她小敗一局而心情變好。少女取悅了自己，青年便決定暫時放過她。

絕對不要懷疑段雲飛幹不幹得出將一名少女掛在樹上這種事，這個人向來率性而為，行事都本著「天大地大、老子最大」的思想，在他心裡可沒有「憐香惜玉」這四個字。

方悅兒並不知道自己無意間逃過了一劫，此刻正忙著拉扯段雲飛的衣袖，把陰了青年一把的麥冬放出來。

段雲飛被動地任由方悅兒拎出麥冬，並問：「我的面具戴上後理應看不出破綻，妳為什麼會對我的容貌產生懷疑？」

方悅兒解釋：「你先前與雲卓對戰時所使的輕功，有我家裡某本祕笈的影子。我們玄天門二堂主連瑾學習的就是那本祕笈的輕功身法，只是你們彼此修習的內功不同，因此使出這輕功身法時看起來有所差異。你使出來的時候偏向瀟灑飄逸，連瑾則是輕盈靈巧。」

原本在段雲飛心中，方悅兒只是個一無是處的廢物，想不到能從她口中聽到這麼一席話，不禁有些驚訝。

方悅兒並沒有注意到段雲飛的訝異，續道：「因爲心法不同，因此輕功的身法各自使來也有差異，我當時並不太肯定自己的想法正不正確。加上我看過『段雲飛』的畫像，先入爲主之下，一時間並沒有從你易容的方向去想。直到你以小石頭爲暗器殺死那些蒙面人時我才確定，因爲那手法也是出自於我家其中一本暗器祕笈，對吧？難怪其他人都說阿爹待你很好，到底我家的祕笈你看了多少本？」

段雲飛挑了挑眉，反問：「那妳又看了多少本？」

那個輕功身法就罷了，因爲那的確是好東西，而且連瑾也有修練，因此方悅兒知道並不足爲奇。

可是段雲飛丟出石頭作爲暗器的手法，卻是來自一本並不算出色的暗器祕笈。這本以各種奇巧小手法爲主的功法，在玄天門眾多令各大高手垂涎三尺的武林祕笈中根本毫不起眼，僅僅是當初段雲飛閒暇時用來打發時間的貨色，可方悅兒卻一眼便認了出來，實在讓他不得不驚訝。

方悅兒道：「當然是全部了。」

少女見青年一臉不相信的表情，撇了撇嘴說道：「我好歹也是玄天門的門主啊！這些是基本吧？」

對於她的說詞，段雲飛完全不信：「說謊也不打草稿，妳知道玄天門的藏書閣到底有多少祕笈嗎？」

被段雲飛那種「有病何棄治」的眼神刺激到，方悅兒生氣地說道：「你別小看我！玄天門的祕笈我是真的都背起來了，而且阿爹與各門派比武時，還把對方各種招式都演練給我看，所以我可是很了解武林各大派的武學呢！」

聽到方悅兒的話，段雲飛的神情變得凝重起來：「無論妳剛剛的話是真是假，這件事可別到處說。」

雖然玄天門勢力很大，而方悅兒這個宅女基本上也不怎麼出門，可是不怕賊偷，就怕賊惦記。如果方悅兒的話是真的，她就像一個活動式武林祕笈寶庫，最糟的是，這座寶庫還沒啥自保能力。

要是方悅兒這番話被宣揚出去，那她的麻煩可大了。

「知道啦！我又不是笨蛋，不會到處說這些事情。何況說出來也沒關係呀，雲卓他們會保護我。」身爲玄天門主，方悅兒有各種任性的資格。雖然她不會故意宣揚，但眞的傳出去她也不怕，這就是有一整個大門派當靠山的底氣。

不過對於段雲飛好心的提醒，方悅兒還是領情的：「你是擔心我嗎？我還以爲你討厭我。」

段雲飛道：「是討厭妳沒錯。」

方悅兒對這個答案並不意外，憑著她小動物般的直覺，早就敏銳地察覺到對方對自己的不喜，只是不知道自己是什麼時候得罪了這傢伙，便問：「爲什麼啊？」

「我以爲這答案顯而易見。」段雲飛的回答很是氣人：「我討厭不求上進的廢物。」

然而出乎段雲飛的意料，被說成「廢物」的方悅兒竟沒有生氣，只是聳聳肩道：「那麼是我誤會了，你沒有討厭我。」

言下之意是，她並不認爲自己是個廢物。

「有人告訴過妳，妳很厚臉皮嗎？」青年冷笑道。

方悅兒頷首：「謝謝。」

段雲飛：「……我不是在稱讚妳。」

「我厚臉皮，總好過有些傢伙沒臉見人。」方悅兒說罷，還揚了揚手中的面具。

段雲飛一窒，一時心虛地不說話了。即使他在當魔教副教主時，也是個天不怕地不怕的人，從來不會爲了躲避名門正派的追殺而更換自己的容貌，可是這次卻戴上了人皮面具，爲的是什麼，他與方悅兒彼此心知肚明。

此時麥冬的耳朵動了動，朝樹下吱叫了兩聲，很快地，方悅兒便看到趕來的雲卓等人。

蒙面人都被幹掉了，方悅兒毫不猶豫地從樹上躍下去，帶著撒嬌性質的抱怨，道：「你們好慢呀！」

玄天門眾人看到方悅兒扭了腳，皮膚裸露處還有些瘀青，都心痛死了。一眾侍女立即小心翼翼地扶著方悅兒，她便順勢靠在她們身上。

其實方悅兒的扭傷並不嚴重，過一會兒後已經不怎麼痛了，身上的瘀青也只是看著可怕，少女的目的更多只是在撒嬌。

雲卓安撫地摸了摸少女的頭，解釋道：「是我們大意了，那些蒙面人身懷奇怪的暗器，發現不敵後往我們投擲過來，造成一些小麻煩。」

說罷，一旁的寇秋取出一枚小珠子：「只要觸動這銅珠的機關，擲出後便會射出百多枚毒針。爲了不誤傷其他人，上面的毒已經被我解了，不過有兩枚毒針卡在銅珠裡，妳拿的時候小心一點，別被刺到了。」

「這是魔教一位長老研發的暗器。」段雲飛的聲音突然插入。在方悅兒研究這枚銅珠時，他從樹上躍了下來。

段雲飛突然出現，讓眾人吃了一驚：「你是誰!?」

下一秒，此行目的便是尋找段雲飛的玄天門等人，立即認出了眼前的青年：「等等！你是段雲飛?」

段雲飛的長相實在太出色，目若朗星、英氣逼人。看到眞人，雲卓他們才發現畫像根本就畫不出這個人一半的出色，這副俊美的容貌若是沒了任何面具遮掩，根本一眼便能夠認出來。

他們看了看方悅兒，再看了看段雲飛，覺得自家門主眞是太厲害了，只是摔一下，便把他們此行的目的都達成了！

「他就是一直跟著我們的那個姓段的呀，我把他的臉皮撕下來，就變成現在這副模樣了。」方悅兒說罷，還揚了揚手中的人皮面具。

眾人：「……」

段雲飛將少女手中的面具拿走收回：「說話陰陽怪氣的，女人就是不乾脆。」

方悅兒反唇相譏：「不，我做人可光明磊落了，可不像有些人沒臉見人。」

段雲飛不爽地道：「喂！我剛剛可是救了妳的性命，妳好歹說聲『謝謝』。」

方悅兒秒回：「謝謝。」

段雲飛：「……」

雖然方悅兒如他所願，可是爲什麼讓人感覺這麼鬱悶啊？

「方門主，我們可以先回去嗎？兄長的情況並不太好。」梅煜趁方悅兒與段雲飛一番對話暫告一段落，立即出言詢問。雖然他也很震驚尾隨著他們的段姓青年就是大名鼎鼎的段雲飛，但現在也顧不得其他。梅長暉的狀況並不樂觀，實在不能再拖了。

聽到梅煜的話，方悅兒這才想起這裡還有一名傷患須要救治：「梅公子客氣了，是我們考慮不周，現在立即動身回去吧！回春醫館是我家產業，如果梅公子不嫌棄，我們可以帶梅少莊主到回春醫館醫治。」

對於方悅兒的提議，梅煜當然沒有異議。即使玄天門接下來不再幫忙，光是他們願意冒險將梅長暉救回來，他已非常感激了，更何況現在方悅兒還願意提供他們一個安全的棲身之所。

玄天門插手江湖中的事全憑喜惡，他們完全可以不蹚這渾水。以玄天門的家底，白梅山莊的感謝對方也未必看得上眼，因此玄天門的幫忙就更顯得難能可貴。

決定了去向，方悅兒一把拉住想要偷偷溜走的段雲飛：「段公子，你不是對我們的事很有興趣嗎，怎麼又要走了？」

段雲飛面無表情地回道：「可我現在沒有興趣了。」

「但我對你倒是生出了不少興趣。」方悅兒向青年露出一個燦爛的笑容，嘴角的小酒窩很甜美，可是段雲飛只想一拳打在這張臉上。

少女笑容再甜美，看在他眼中都像在挑釁啊！

段雲飛看著方悅兒拉住自己衣袖的手，挑了挑眉，心想妳以爲抓住我的衣袖我就走不掉嗎？眞是太天眞了！

「如果你現在跑掉的話，我回去便讓下人敲鑼打鼓地宣告天下，段雲飛怕玄天門怕得不敢露面。」

方悅兒的話一出，段雲飛想要震碎衣袖的動作頓時止住。

只見青年危險地瞇起雙目：「我怕了你們？」

方悅兒從善如流地改口：「或者我直接說你明知道恩人的女兒有求於你，但卻故意跑掉？對了，你還易容呢，心機眞是太重了！」

這次的指控倒是事實，段雲飛覺得如果自己眞的跑掉，方悅兒一定會到處亂說這件事。

現在段雲飛萬分後悔。先前在客棧看著方悅兒等人浩浩蕩蕩地出行，在客棧裡待得悶了的他才好奇地尾隨在後，想看看他們出來幹什麼。

眞是好奇心害死貓，早知道會因此被方悅兒纏上，他就躲在客棧不出來了。

段雲飛突然不想震碎衣袖了，他現在比較想震碎方悅兒的腦袋，這個女的實在太難纏了！

八、梅少莊主

最後段雲飛還是臭著一張臉與方悅兒他們同行，一起來到了回春醫館。

梅長暉的傷勢已被寇秋穩住，接下來是漫長的復建時間，因此到醫館後也沒寇秋什麼事，他們將人交給醫館裡的大夫後便功成身退。

近期江湖最大的八卦……咳！江湖最大的威脅，就是魔教重出江湖的猜測。梅煜這個白梅山莊不被重視的庶子未必知道，但蘇沐華絕對明白段雲飛這個人的來歷，也知道全武林都在找他。

偏偏段雲飛就是一直龜縮著不出來，結果玄天門門主親自前來請人，他就戴著人皮面具走到他們面前把人耍著玩……

雖然蘇沐華很好奇方悅兒會怎麼說服段雲飛，不過現在他們都自身難保了，又在他人的地盤上，蘇家少主再呆也不敢造次。見玄天門眾人與段雲飛一副有話要說的模樣，蘇沐華與梅煜都很識趣地以照顧梅長暉爲由，沒有跟在他們身邊旁聽。

方悅兒說話素來直接，單刀直入地對段雲飛道：「你應該知道吧，所有人都在找你呢，他們知道玄天門與你的關係，就讓我來當說客把你帶回去。」

段雲飛冷哼一聲，笑得狂妄：「我就是不想去，那又怎樣？」

方悅兒倒是很乾脆：「不怎樣，那我的任務就結束了，直接告訴林盟主你忘恩負義，我搞不定你嘛。」

段雲飛：「……」

方悅兒續道：「不過我眞的很好奇，那個魔教教主不是已經被你殺死了嗎？」少女頓了頓，接著很興奮地說：「難道是他的鬼魂回來找那些名門正派報仇？」

段雲飛都快被方悅兒那一驚一乍的態度弄得無言了：「妳這麼幸災樂禍好嗎？你們玄天門也算是名門正派的一員吧？」

但方悅兒仍是一臉八卦地追問：「別岔開話題了，到底你把人殺了沒？」

對於方悅兒的……不，應該是整個武林的疑問，段雲飛倒是沒有任何隱瞞，爽快地道出了答案：「沒有。」

方悅兒失望地垂下了肩膀：「所以沒有鬼囉？」

「……妳的重點好像錯了吧？重點是鬼嗎？」段雲飛眞的很想敲開方悅兒的頭殼子，看看她的大腦裡到底是什麼構造。

「好吧，那……你爲什麼不殺他啊？」方悅兒從善如流地詢問。

聽到正常的詢問，段雲飛滿意地點了點頭。他覺得要是自己不主導話題走向，方悅兒可以把對話帶到天邊去：「原本是打算殺的，只是那傢伙被我打敗後瘋狂地咒罵著我，說要是他這次有命活下去，一定會回來把我幹掉。我覺得滿有趣的，所以就放過他了。」

「……」這次輪到方悅兒不知該說什麼才好。

所以段雲飛的意思是，因爲知道對方深懷怨恨會回來找自己報仇，所以便把人放了？

方悅兒終於明白她爹爲什麼會這麼欣賞段雲飛，因爲他們那種故意讓仇家殺回來的處事手法何其相像！

要是讓方毅遇上相同情況，方悅兒相信，他應該也會做出與段雲飛一模一樣的選擇。

雖然方毅不會像段雲飛那樣，是爲了把對方當樂子這種無聊的理由，而是想讓仇人憑著仇恨而變強，最後成爲可以與他一戰的好對手。

好吧，對方悅兒來說，這兩人都一樣是神經病就對了。

「既然你沒有殺掉彭琛，那爲什麼別人都說你把他殺了呢？而且那時名門正派緊接在你後面殺進魔教，要是你已經將彭琛打傷，不就代表他們沒能將彭琛抓住嗎？」方悅兒追問。

段雲飛理所當然地道：「因爲我把他打下懸崖了啊！雖然不打算殺他，可是他那樣咒罵我讓我很不爽，所以就將他打下去了。」

方悅兒都不知該說什麼才好了：「據我所知，魔教總舵的懸崖超級陡峭，別說受傷的人了，全盛時期的彭琛被打下去也必死無疑吧？」

段雲飛聳了聳肩：「那我可管不著，我不殺他已經很好了，難道還要管他接下來是死是活嗎？他活下來就當他賺到了。」

方悅兒覺得段雲飛說得很有道理，她竟然無法反駁。只是這麼一來，事情又回到原點了。

結論就是，根本沒有人知道彭琛現在是生是死呀！

難道他眞的活了下來，而現在魔教的崛起就是他復仇的第一步!?

「既然我已經把話說清楚，那應該沒有我的事了吧？我就先走了。」段雲飛說罷，轉身便想離開。

方悅兒連忙阻攔住他：「不不不！你還不能走！」

段雲飛不滿地雙手環胸：「怎麼，我能說的都已經告訴妳了，妳還攔住我到底是什麼意思？」

方悅兒道：「哎，你好歹與我一起往林盟主家裡走一趟，親自將這番話告訴他嘛！」

「妳說不就好了嗎？」

「那可不行，說不定他們還有其他事想要問呢？彭琛的功法很霸道，林盟主他們都打不過。你身爲唯一可以打敗彭琛的人，他們可是等著你幫忙想一個抗敵的方法呢。」

「我不會幫忙的，我可不想浪費自己的時間去蹚這渾水，這樣做對我有什麼好處嗎？」

方悅兒歪了歪頭：「那我就不明白了。你當初爲什麼要對付彭琛呢？你把他擊敗後又沒有掌控魔教，而是任由正派擊敗魔教，你這樣做到底圖什麼？」

段雲飛撇了撇嘴：「關妳什麼事？我喜歡！」

方悅兒一秒下結論：「所以你當初就是腦袋進水，才想要擊敗魔教。那你現在再腦袋進水一次不就好了嗎？」

段雲飛聞言一窒。他好想打人！而且看著方悅兒那誠懇的表情、一副自以爲掩飾得很好的「這個人腦袋進水好可憐」的同情模樣，他就氣不打一處來。

現在段雲飛有充分理由懷疑，說不定方毅根本就不是練功走火入魔而死，而是讓方悅兒活活氣死的！

青年此刻滿腦子都想著怎樣擺脫方悅兒，要不是怕自己走了之後少女胡亂編排他的壞話，他就想這樣一走了之了。

方悅兒之前讓人敲鑼打鼓尋找他，都讓青年生出陰影了。他在煙雨城裡瞬間出了名，還成爲眾人茶餘飯後的話題。

而方悅兒尋找他一事，在以訛傳訛下進化成十多個不同的版本，有糟糠之妻尋找出走的負心漢、孤女尋找失散的老父等等內容！

甚至還有傳言指出，「段雲飛」其實不是人，而是商人養的一隻失散寵物狗，找到後商人重重有賞……

才一個上午，方悅兒便成功讓他出了名。段雲飛怕要是他這麼一走，那自己便不只是在煙雨城出名，也許全國都知道他段雲飛的名號了——負面的！

光是想像，便好想去死一死啊！

而段雲飛這種顧忌，絕對突顯了方悅兒的沒臉沒皮。

就連段雲飛這個前魔教副教主也拿她的厚臉皮沒轍，這也算是另一種強大吧？

「你就不能看在我爹的面上幫幫我嗎？」方悅兒充滿懇求地看著段雲飛，少女語調輕軟，一雙杏眼水汪汪地清澈見底，讓人不忍拒絕她的請求。

可惜面對方悅兒的懇求，段雲飛卻是少數能夠鐵石心腸無視她的人：「別撒嬌了，沒用。」

方悅兒聞言，立即收起楚楚可憐的表情，還不爽地「嘖」了聲，變臉的速度讓段雲飛嘴角直抽。

「我要走了。」段雲飛拔腿就跑。

「不行！」方悅兒再次阻攔住他的去路。

段雲飛：「……」

方悅兒一臉堅定地阻攔在段雲飛身前，一臉恨鐵不成鋼的表情：「你遇事就想逃還是男人嗎？遇到事情不要逃避，要勇往直前，像現在這樣一走了之，算什麼英雄好漢？隨我一起去找林盟主把事情交代清楚，這才是眞男人！」

對於方悅兒的鬼話，段雲飛一句也不信：「妳根本在忽悠我吧？」

方悅兒義正詞嚴地道：「怎會！我這是在教你做人的道理，這道理比金子還要値錢！」

段雲飛挑了挑眉：「我會那麼傻，去找林盟主弄得一身腥，好讓妳功成身退嗎？」

被人說中心裡所想，方悅兒卻一點都不心虛，而是耐心地向他解說：「哎，可是我也是爲你好，你不是有東西想從魔教那兒得到嗎？或者應該說……從彭琛手上得到？先前把魔教都玩沒了而且無功而回，現在魔教莫名其妙重出江湖，你想要的東西說不定就有線索了呢！」

方悅兒的話一出，原本一直懶洋洋任由少女擋在他身前的段雲飛，頓時氣勢一變。如果說先前的他是一把入鞘的劍，現在劍卻已離鞘，鋒芒畢露。

而一直安靜在旁觀看方悅兒與段雲飛理論的雲卓等人，見狀立時進入警戒狀態。只要段雲飛一有什麼異動，他們便會馬上護住方悅兒。

雖說一對一他們誰也打不過段雲飛，可是這世上有一種東西叫「圍毆」。

段雲飛對雲卓等人的反應視而不見，一雙銳利的眸子充滿威壓地盯著方悅兒：「妳這話是什麼意思？」

明明他對於自己混入魔教的理由三緘其口，爲什麼方悅兒會這麼說？

難道她知道了什麼!?

「這不是顯而易見嗎？」方悅兒面對氣勢全開的段雲飛，卻完全不害怕。她相信段雲飛不是個衝動之人，也相信雲卓他們會好好保護自己：「你要是沒有目的，會故意混進魔教，並與彭琛決鬥？我才不相信你真的腦袋進水，吃飽飯沒事幹呢！雖然我不知道你的目的是什麼，但應該與魔教脫不了關係。我猜打敗彭琛之後，你的線索應該就斷了，所以才在江湖裡銷聲匿跡這麼久。現在，不就是你現身的好時機嗎？」

段雲飛聽完方悅兒的話，收起了一身殺意，然而那狂妄氣勢卻是不減。

不得不說，段雲飛的確被方悅兒的話說服了。其實沒有對方的邀請，他也會去調查這些魔教餘孽到底爲什麼會突然冒出來。而且相較於單槍匹馬地搜查，也許與正道合作更能達到他的目的？

只是段雲飛討厭被人牽著鼻子走，總覺得答應的話，就代表他向這個自己素來看不起的人低頭一樣。

何況方悅兒只是過來找人，找到後所有累的苦的都由自己去做，而她便能拍拍屁股回去玄天門繼續當個貌美如花的吉祥物門主，想想都覺得不爽。

或許，該找個機會把玄天門拉下水……

此時，先前與方悅兒等人分道揚鑣的連瑾闖了進來。他美其名是收集情報，實際上卻是不耐煩陪方悅兒去買買買，不知跑到哪裡野去了。他一進屋便說：「剛剛我聽半夏說了，想不到小悅兒妳只是外出逛街，便遇上那麼有趣的事，早知道我就跟妳一起走了！」

段雲飛有些訝異地看著這名突然闖進來的青年，雖然他離開玄天門多年，但仍立即便猜到對方的身分，只因連瑾驚心動魄的美實在太具標誌性了！

尤其當連瑾那雙非常具有代表性的鳳眼掃過來時，即使只是一個很普通的眼神，雙眼卻彷彿帶著一往情深的複雜感情，讓人覺得這是一名多情的男子。

然而在方悅兒心目中，連瑾就只是隻喜歡做作的狐狸而已。

「你別再搧啦！這裡又不熱……搧得我眼都花了！」方悅兒伸手戳了戳連瑾手中的紙扇。這紙扇上有著連瑾親筆題的詩句，看起來與一般才子所持的紙扇沒有分別，可其實這紙扇的扇骨是特製的，看起來風雅的紙扇更是連瑾的武器。

連瑾「刷」地收起紙扇，隨即看向房裡唯一陌生的段雲飛：「我沒認錯的話，你是段雲飛對吧，還記得我嗎？在下連瑾。你離開玄天門後我們已有多年沒見了，有空的話我們可要好好敘舊。」

正所謂伸手不打笑臉人，雖然剛剛被方悅兒纏得一個頭有兩個大，不過面對連瑾的善意，段雲飛也朝對方拱了拱手。

接著，連瑾便投下了一枚大炸彈：「話說你們先前救下的白梅山莊少主剛剛醒了，現在正在鬧事呢，你們要過去看看嗎？」

蘇沐華與梅煜對於自己爲什麼會被魔教襲擊一事毫不知情，現在方悅兒他們都寄望能從梅長暉口中得到一些線索，於是聽到連瑾的話後，便立即應道：「去！」

❀

當方悅兒一馬當先踏入梅長暉的病房時，便見一個藥碗朝自己迎面擲來！

少女沒想到在自家地盤還會遇上這種事，一時間驚呆了，而她的小伙伴在她身後看不到房內的事，也不用指望他們能幫上忙。於是少女情急之下只得側身避開，可是要完全躲過卻是來不及了。

此時卻見一隻手從旁伸出，不僅迅速把快要落在方悅兒身上的藥碗穩穩抓住，還用碗將溢灑在半空的藥汁都接住了。出手的人，正是慢方悅兒一步踏入房間的段雲飛。

那只碗裡還有著滾燙的藥湯，要是真灑在方悅兒身上，後果必定不堪設想！

雖然青年反應很迅速，可是方悅兒發現碗裡還是有不少藥湯濺到他手上，便顧不得到底是誰那麼缺德用一碗藥湯來當暗器，一臉焦急地看著對方拿著藥碗的手，並遞出手帕：「你不要緊吧？有沒有燙傷!?」

只見段雲飛神態自若地把藥碗放回桌上後，這才接過方悅兒的手帕，抹乾淨濺上了藥汁的手：「不礙事，藥並不是很燙。」

少女聽到段雲飛的話，便知道對方在騙人。他接住碗時，她分明看到碗還冒著煙，裡面的藥湯又怎會不燙呢？

方悅兒伸手摸了摸藥碗，卻驚訝地發現碗還眞的一點都不燙，竟有些泛涼。

難道先前她看錯了嗎？

見方悅兒瞪大一雙杏眼，一副懵掉的模樣，段雲飛心裡暗暗好笑，隨即也發現方悅兒給他用來擦手的手巾竟是冰蠶絲所製，而這手巾不像一般少女會繡上漂亮的花朵、蝴蝶等圖案，只在角落處繡了一隻胖胖的白色松鼠，一眼看去，憨態可掬。

尋常布料吸收了藥湯這類深色液體後便無法再使用了，也不知這張珍貴的冰蠶絲手巾會不會因此報廢。不過即使手巾眞的報廢了，少女大概也只會無所謂地再換一條新的吧？

段雲飛看著那些侍女面不改色地接過方悅兒弄髒的手巾時，他這個前魔教副教主反倒還不如一個侍女淡定……

「梅少莊主，請你解釋剛剛的行爲。我們好意讓你留下來休養，你竟然攻擊我們門主!?」雲卓一改平常爽朗陽光的模樣，陰沉著一張臉說話，充滿敵意地盯著病床上的人。一旁連瑾等人的神情也非常不好看。

雖然他們走在段雲飛身後，來不及爲方悅兒擋下迎面飛來的藥碗，但還是有看到梅長暉摔出藥碗後，仍未收回的手臂。

一旁的梅煜與蘇沐華則被梅長暉的舉動嚇到了，幸好段雲飛反應快，及時護住了方悅兒，要是玄天門門主因而有任何損傷，那麼他們一定吃不完兜著走。

而且方悅兒等人救了被追殺的他們，還提供醫療及休養的地方，梅長暉此舉實在顯得他們不識好歹。

方悅兒確定段雲飛眞的沒有大礙後，這才往梅長暉這個罪魁禍首看去。這不看還好，一看便被對方現在的模樣嚇了一跳。

梅長暉受了重傷，不僅被人廢了經脈，脊椎還被人打斷，少女本就有心理準備對方的容貌會十分憔悴。可是眼前的人除了一臉憔悴，雙眼更滿布血絲，就像一頭沒了活路的野獸，眼中充斥著絕望的瘋狂。

方悅兒的視線撞進梅長暉那血紅雙眼中，被對方恐怖的眼神震懾，不由自主地退了一步。

成爲廢人的打擊，顯然已經擊垮梅長暉這個天之驕子。愈是驕傲的人，愈是無法承受失敗。即使是一個普通人，落個半身不遂的打擊也很難看得開，更何況是以自身武藝爲傲的武林中人？

面對雲卓的質問，梅長暉卻是完全不予理會。梅煜只得上前爲兄長的行爲道歉：「十分抱歉，兄長剛剛得知自身的傷勢，一時間受了刺激……」

「夠了！你不用再假惺惺地裝好人了！」梅長暉打斷梅煜的話，一臉陰狠地露出嘲諷的笑容：「我受了這麼重的傷，必定無法繼承白梅山莊了。除了我以外，父親就只有你一個兒子，你現在心裡一定很高興吧？」

相較於狂怒的梅長暉，梅煜卻顯得冷靜多了，只是一臉疲憊地嘆氣：「兄長，你別多想，現在最重要的便是好好休息。」

梅長暉冷笑：「呵，你現在是在教訓我嗎？明明只是個低賤的庶子，只要我還有一口氣在，白梅山莊也不會便宜你！」

一旁段雲飛聽著心裡十分不爽。他最討厭的就是這種人，自恃著出身而不把其他人放在眼裡，便開口說道：「這就是白梅山莊少莊主的風度嗎？我還真是長見識了。可偏偏你的命，就是你口中這位『低賤的庶子』救的。」

梅長暉向段雲飛怒目而視：「我在處理我的家事，關你這個外人什麼事!?」

方悅兒聞言，也忍不住插話：「你們的家事不關我事，可是你剛剛差點傷到了我，而這裡是我的地盤！要是你繼續吵下去，那我就只得請你離開這裡。我可不歡迎在我的地盤隨時會發瘋的客人！」

少女雖然與段雲飛相看兩厭，不過在處理梅長暉一事上，兩人卻一致對外，可想而知這位白梅山莊少莊主有多不討人喜歡了。

眾人明白梅長暉心裡的難受，可是這不構成他可以任意把氣撒在他人身上的理由。誰也不欠他，甚至可以說這裡的人都對他有救命之恩，並沒有義務忍受他的壞脾氣。

雖然方悅兒一番話說得很強硬，可惜她嬌軟的外貌太不爭氣，完全沒有威嚇性。一雙杏眼睜大時顯得更加水汪汪，氣呼呼地鼓起一張包子臉的模樣，讓人只想捏一捏她的臉頰。

少女的外表雖然毫無威脅感，可是話裡的威脅卻是十足十。

現在把梅長暉丟去大街，這傢伙在那之前不死也要脫層皮！

九、拜訪許家

聽到方悅兒的威脅後，梅長暉終於消停了。

他看出方悅兒是認真的，並非只是嘴巴說說而已。若他真的繼續鬧事，方悅兒才不管他是不是病人，也不會理會他白梅山莊少主的身分，是真的會讓人把他丟出去的！

梅長暉雖然現在狀似瘋狂，但又不是真的瘋了，發覺少女話裡的認真後便閉上了嘴。只是他心裡不痛快，又不敢開罪對方一行人，便狠狠瞪了梅煜一眼。

方悅兒之前並不認識梅長暉，卻仍聽說過他的名字。可現在看到梅長暉的做派，覺得他並不是個聰明人。即使他再不喜歡梅煜，但對方現在可說是掌握著他的生殺大權，他就不怕梅煜會報復嗎？

雖說梅長暉是嫡長子，身分尊貴，身為庶子的梅煜在他面前什麼也不是，可那也要他有命活到白梅山莊才行吧？

何況現在梅長暉再尊貴也已是個廢人了，而說不定梅煜就是下任的白梅山莊莊主呢。

顯然這些年來在兄弟面前高高在上慣了，讓梅長暉無法放下面子向梅煜示弱。

又或者正因爲處於劣勢，他的高傲才讓他不由自主地朝梅煜張牙舞爪吧？

見到梅長暉對待兄弟的態度，方悅兒便知道，這是個不識時務的人。

不過只要他聽話，不再吵嚷著製造麻煩，方悅兒看在白梅山莊的面子上，也不會不留情面地眞的將他丟出去自生自滅。

何況，他們還有很多事想從梅長暉口中弄清楚。

段雲飛顯然也是這種想法，不然以他做事隨心所欲的性格，只怕已經出手將對方轟出去了。

果不其然，段雲飛看到梅長暉消停下來後，便向他詢問那些追殺他們的蒙面人。

原本梅長暉心裡有怨氣，想趁機爲難一下，不過被方悅兒恐嚇過後卻是不敢了。而且轉念一想，他之所以變成這樣，歸根究柢也是那些蒙面人害的。據梅煜所說，追殺他們的都是魔教餘孽，現在他成了廢人，要報仇已是不成了；而段雲飛他們一副想要找魔教麻煩的模樣，也許讓他們幫忙報仇也是個不錯的主意。最終梅長暉思索了下，還是合作地詳細道出知道的事情。

不過他的情報對於了解魔教一事沒什麼多大用處，因爲他與梅煜和蘇沐華一樣，並不知道那些蒙面人追殺他們的原因。

難道是因爲當年白梅山莊也有參與殲滅魔教，而魔教餘孽打不過莊主梅青影，所以才對梅長暉他們這些武二代下手嗎？

據梅長暉所說，他與梅煜在前往煙雨城途中遇上了蘇沐華，三人結伴同行不久便遇上蒙面人追殺。慌亂中他與兩人走散，後來被蒙面人擊倒，只是那些人並沒有殺死他，而是毀了他經脈、打斷他的脊椎後，將他推落斜坡。整個過程那些蒙面人一句話也沒有說，梅長暉直到昏倒時都不知道他們的身分與目的。

「不把人殺掉，只廢了經脈與脊椎，只怕是想讓對方生不如死，這仇恨還滿深的嘛！如果對方的目標是梅煜與蘇沐華，而你只是單純因爲同行而被牽連進去，那麼那些人將你滅口就好，何須這麼麻煩？我猜那些人即使不是單單針對你一人而來，你肯定也是他們的目標之一。」段雲飛道。

方悅兒有些可惜地說道：「結果我們還是無法弄清那些蒙面人的目的。」

段雲飛想了想，接著詢問蘇沐華與梅家二人：「你們爲什麼前來煙雨城？」

蘇沐華道：「我這一年離家到處遊歷，想到一位從小認識的朋友就住在煙雨城，便打算去打個招呼。」

說到這位「朋友」時，蘇沐華露出春心蕩漾的表情。方悅兒立即想起在繡品店時遇上的那位許姑娘，只怕蘇沐華主要的目的是來看美人的吧？

段雲飛續問：「是臨時起意的嗎？」

蘇沐華點了點頭：「嗯，臨時起意的，然後就在途中遇上梅少莊主他們了。」

青年見在蘇沐華身上問不出什麼，便改問梅長暉他們。

梅長暉說完蒙面人的事後，便一副不想再說話的模樣，於是便由梅煜代爲解釋：「我們在附近辦事，想到兄長的未婚妻就在煙雨城，因此便過來看看她。」

段雲飛頷首，問：「有什麼人知道你們前來煙雨城嗎？」

梅煜道：「我們曾修書一封到許家……就是兄長未婚妻的家裡。」

方悅兒已聽出這一問一答之間的關係：「也就是說，你們前往煙雨城都是臨時興起的決定，那些蒙面人理應無法預先得知你們的去向才對。而唯一知道你們行蹤的，就只有梅少莊主的未婚妻了。」

「你們懷疑是許冷月洩露我們的行蹤？」梅長暉幾乎是咬牙切齒地說出了這句話。方悅兒的分析很合理，無論是梅長暉兄弟還是蘇沐華，他們前往煙雨城都不在原定計畫內，而唯一知道此事的就只有許家了。現在他們被魔教攔路截殺，許家說不定就擔任著通風報信的角色。

方悅兒憐憫地看了梅長暉一眼，覺得這人也太倒楣了。加諸他身上的打擊絕對是接二連三的啊！

要是他的未婚妻眞是害他變成廢人的眞凶，對梅長暉來說這打擊也太大了。不過，段雲飛完全不理會梅長暉難看的臉色，逕自問道：「你的未婚妻是誰？我們要到她家裡走一趟。」

梅長暉知道現在自己什麼也做不了，而對害自己變成這樣的凶手，他可謂恨之入骨，尤其現在還多出未婚妻這個嫌疑人，更是讓他在意得不得了。梅長暉不見得與這個未婚妻有多深厚的感情，然而也容不下這種程度的背叛。

這股仇恨讓他將希望寄望在方悅兒他們身上，態度也變得非常合作，可說是知無不言、言無不盡了：「我的未婚妻是煙雨城許家的嫡女。許家原本是煙雨城的武林世家，規模與白梅山莊不相上下。可是從上兩代開始便棄武從文，還曾出過幾個當官的。可惜許家人丁單薄，自許世伯過世後主家再無男丁，現在主家嫡系只剩下許冷月一人。雖爲女子，但有傳言許家現在的產業實際上是她在管理，只可惜這些年來經營不佳，家道中落的許家便想著將她嫁給我，好得到白梅山莊的支持。」

段雲飛問：「可是那位許家姑娘不是許家主家唯一的血脈嗎？她不招贅來延續許家，卻出嫁白梅山莊，是打算讓分家的孩子繼承許家？」

梅長暉解釋：「我們早已談好，第一個爲長爲嫡的兒子不能過繼，但梅家有了嫡長子後，便會讓第二個孩子姓許，到時許家也算後繼有人了。」

段雲飛道：「似乎許家那位許小姐與分家的感情稱不上好啊……」

雖說讓第二個孩子姓許來繼承許家，可怎麼看，白梅山莊能在其中動手腳的事太多了，手段狠一些的話，利用那孩子把許家架成空殼也不是不可行。何況第二個孩子到底是男是女也不知道呢，要是個女娃的話，到時又是一場麻煩。

再加上許家以前也是不遜色於白梅山莊的武林世家，雖然現在棄武從文，可是家傳的武功祕笈還是有好好藏起來。兩家聯姻後，面對許家的家傳武學，梅家眞的能一點都不心動嗎？

反正都要便宜別人，讓分家來繼承的話至少不會牽扯到另一個大家族。畢竟無論是主家還是分家，都是許家的血脈。

可是那名許家姑娘寧可與外人聯姻，冒著被白梅山莊掏空家底的危險，也不願讓分家繼承主家家業，可見一定與分家的關係非常惡劣。

梅長暉對段雲飛的話不置可否。他對許家的人際關係完全沒有興趣，只在意自己能夠從聯姻中獲得多少利益。

而現在，梅長暉最在意的，便是他們三人的行蹤到底是不是自己的未婚妻洩露出去的。

「啊！」蘇沐華倏地驚呼了聲。

「怎麼？是想到什麼新線索嗎？」段雲飛問。

「不……就是、就是想問一下，剛剛好像聽到梅少莊主的未婚妻名字是許冷月？」蘇沐華神色複雜，吞吞吐吐地詢問。

梅長暉還未回答，方悅兒便已驚呼道：「我想起來了！難怪覺得許冷月這個名字這麼耳熟。她不就是今天在繡品店裡遇上的那個位麻煩的姑娘嗎？她不是蘇公子你的心上人嗎？怎麼又變成梅少莊主的未婚妻了!?」

這資訊量對梅長暉來說過爲龐大，一時不知該做怎樣的反應，蘇沐華卻已經炸了：「妳怎能說許姑娘麻煩？她怎麼麻煩了？」

一旁的連瑾不爽地用紙扇指了指蘇沐華：「你可別欺負我家的門主大人。而且重點不該是梅少莊主的未婚妻變成了蘇公子你的心上人嗎？」

此時段雲飛好奇地詢問方悅兒：「許泠月是誰？她當時也在繡品店裡？」

方悅兒解釋：「就是那個被你英雄救美，還反咬你一口說你毀她清白的那位姑娘。」

梅長暉聽到方悅兒的話，更覺得不好了，不只蘇沐華覬覦自己的未婚妻，就連段雲飛也曾經輕薄過她？他頓時感到自己的頭頂都在冒綠光了。

「等等！不對，蘇公子你不是已經有一個心上人了嗎？你特意來煙雨城拜訪的那一個？」方悅兒道。

「她就是許姑娘……因爲蘇家與許家關係很好，小時候我在煙雨城住過一段時日，與許姑娘是青梅竹馬。這次前來煙雨城，便是想向許姑娘訴說我的心意，要是她願意，我便讓人到許家提親。」蘇沐華尷尬地說道。他真不知道許冷月是梅少莊主的未婚妻啊！

段雲飛聽到蘇沐華的「女神」就是梅長暉那位未婚妻，這女人牽涉到梅蘇兩家，讓他頓覺此人嫌疑直線上升了，立即提出：「既然如此那事不宜遲，我們便往許家走一趟吧。而且梅少莊主現在的情況也應該向許家說一聲。」

現在梅長暉都成了廢人，不要說繼承白梅山莊了，就連像普通人般地生活也不可能。許冷月與梅長暉的婚姻本就有著各種利益考量，當許家知道梅長暉的情況後，總不能讓主家唯一的嫡女嫁給一個廢人，大概會選擇退婚吧？

不過這些事大家心知肚明就好，犯不著說出來刺激梅長暉。對段雲飛來說，梅長暉就是魔教此行的目標沒錯，留著他說不定還有用處，可不能把人逼出個好歹來。

相較於如日中天的白梅山莊，家道中落的許家就有些不夠看的了。梅長暉在許家人面前一直有種優越感。雖然兩家聯姻是互惠互利，可是梅長暉總抱持著施捨對方的心態，甚至心裡還覺得與其和許家聯姻，倒不如去娶方悅兒這種背後有大家族當靠山的女子更加風光。

要不是許冷月長得漂亮又才華洋溢，加上那身高傲淡然的氣質引起了梅長暉的征服欲，也許他也不會接受這個婚約。

但現在梅長暉卻從高高在上俯視著許冷月的梅少莊主，變成了一個武功盡失、半身不遂的廢人，這差落不可不謂大，梅長暉完全沒有心理準備見這個自己向來看不起的未婚妻。

因此梅長暉便以重傷為由不親自前去，而他現在的身體狀況，也確實不適合出門。

由於梅長暉這個正主不去，因此梅煜便作為白梅山莊的代表前往。另外玄天門眾人因為是外人，也不方便太多人隨行，所以最後除了梅煜，去的人就只有蘇沐華、方悅兒、連瑾、段雲飛，以及眾侍女之首的半夏。

段雲飛一臉無奈地看了看侍奉方悅兒身側的半夏：「都這種時候了，妳還要帶侍女過去嗎？」

對段雲飛來說，同行的人不宜太多，那麼方悅兒多帶一名堂主，也好過帶一名侍女同行啊！

方悅兒卻有她的堅持：「不要！雲卓他們都不懂得侍奉人，我身邊至少要有一名侍女隨同才可以！」

段雲飛看著方悅兒的眼神帶著深深的鄙視：「妳已經及笄了，不是一個沒有自理能力的小女娃，到哪裡都要有侍女跟著，要是有天她們不在妳怎麼辦？」

方悅兒用著更加鄙夷的眼神瞪視回去：「世間對女子總是特別苛刻，就因爲我已及笄，才不適合與你們這些臭男人一起去拜訪世家，總要有個侍女陪同才妥當。況且我要人侍奉又怎樣？明明有整個玄天門當後盾，要是我還要像一般人那樣活得那麼辛苦，不是自找苦吃嗎？」

方悅兒說的有理，但段雲飛就是堵著一口氣。雖然少女帶不帶侍女同行，對他們來說其實影響不大，可是青年就是見不得方悅兒那副飯來張口、茶來伸手的懶散模樣。

就是因爲玄天門的人這麼驕縱著她，因此方悅兒才被養成了如此嬌貴的模樣。

身為方毅的女兒，即使當不了武林高手，也不該是這種四體不勤，五穀不分的樣子啊！

玄天門堂主之中，因為對許家較了解而與眾人同行的連瑾刷地打開紙扇，一副悠然的模樣說道：「安啦，小悅兒的侍女武功都不差，不遜於武林上的一流高手，要保護她綽綽有餘了。」

段雲飛聽到連瑾的話後，便不再說什麼。他總覺得玄天門的人對方悅兒實在過於縱容了。不過那是人家的家務事，他也不好多說什麼來惹人厭。

對於方悅兒在玄天門地位之高這點，其實段雲飛是覺得很奇怪的。在他看來，即使是因為感念方毅的培養，在方毅死後許方悅兒一個門主之位、讓她一生衣食無憂就算了，可四大堂主卻對方悅兒是完全沒有底線的寵溺，這對雙方來說都不是好事。

偏偏雲卓他們又不是這麼不理智的人，段雲飛猜想他們之間是不是有什麼外人不知道的事。雖然對此有些好奇，但現在還有正事要做，再深究下去就有些不合時宜了。

許家雖然家道中落，可是瘦死的駱駝比馬大，許家毋庸置疑仍舊是煙雨城中的龍頭大老。而煙雨城中最大的建築物正是許家主宅，也是許泠月居住的地方。

許宅的裝潢以大氣穩重爲主，並沒有過於豪華的擺設；下人全都經過嚴格訓練，一舉一動都符合世家大族的規矩，屋裡靜得連根針落地的聲音都聽得見。方悅兒不禁放輕腳步，免得打擾了這裡的清靜。

方悅兒喜歡亮麗、鮮活的東西，許家這種嚴謹的家風看在少女眼中只覺非常淡寡且拘束。不過她尊重他人的喜好，因此也盡量配合許家的氣氛。

少女的表現倒是讓段雲飛有些意外，以她的身分完全可以不顧不管，許家也無法多說些什麼。但她還是願意尊重別人的生活，對此段雲飛是欣賞的。至少在四大堂主無止盡的縱容中，方悅兒並沒有因此變得狂妄自大。

就像段雲飛本人做事雖然隨心所欲，卻不代表想做什麼都可以。做人，還是要有底線在。

很快地，他們便見到了許冷月，她穿著一身純白衣裙，頭髮簡單以一支翠綠玉簪固定，就像一朵月下緩緩盛放的白蓮。雖然並不鮮艷燦爛，卻自有其清幽淡雅的味道。

許冷月的視線掃過眾人，最後停在方悅兒身上。

因爲先前滾下斜坡把衣衫都弄髒了，因此方悅兒已換過一身裝束。許冷月顯然也注意到與少女分開才沒多久，對方的一身衣飾便已更換過，而且與先前裝束一樣，亮麗奢侈得令人驚歎。

國內大家閨秀都以明黃爲貴，飾物則喜歡用金燦燦的黃金打造，要不便是像許冷月那種以樸素爲美，飾物皆以玉石爲主的素雅打扮。

方悅兒不喜穿金戴銀，也不特別喜歡佩戴玉器，卻對各種寶石與珍珠飾物情有獨鍾。雖然她身上的飾物並不算多，甚至相較於喜好打扮的貴女來說都稱得上「清爽」了，但也不至於像許冷月如此素寡。

而且方悅兒的首飾用料極其名貴，光是髮簪上點綴的一枚寶石，價值已勝過一支純黃金打造的髮簪。

許冷月回家後便讓人調查方悅兒等人的來歷，知道少女的身分正是大名鼎鼎的玄天門門主。

雖然許家已棄武從文多年，卻仍關注著武林各門派的動向。尤其許冷月與白梅山莊訂親後，為免出嫁後對江湖情勢一無所知，便更加關注這方面的事情。因此她很明白玄天門門主之位代表著多麼尊貴的地位。

許冷月與方悅兒的身世有很多相似之處，她們都幼年喪母，由父親養大；而兩人在父親逝世後，都須承擔起偌大的家業。只是方悅兒相較之下幸運得多，即使當家的父親不在，她還有四大堂主為她撐起一片天；而許冷月則必須親自打拚，甚至連自己的婚姻也要當作籌碼。

正因為兩人的相似，因此許冷月一直對這位門主大人很好奇，猜想對方到底是怎樣的人。想不到兩人第一次見面，卻在繡品店中發生了爭執。

想到方悅兒言行間的粗鄙無禮與奢華無度的作為，許冷月心裡鄙夷，覺得先前將自己與方悅兒放在一起比較，實在侮辱了自己。

在許冷月心中，方悅兒連她一根指頭也比不上。少女就像一條蛀蟲，不事生產地待在玄天門裡，恬不知恥地揮霍著玄天門的財物。相反地，自己則爲家族貢獻甚多，甚至連婚姻也願意爲了家族而犧牲。

犧牲兒女的婚姻來爲家族謀取福利，是各大家族慣用的手段。因此爲了避免女子有太多自主意識而引來不必要的麻煩，像許冷月這些大家族出身的女子，從小都以遵守女誡爲己任，覺得身爲女子應該以父兄丈夫爲天，並以爲家族犧牲而自豪。

因此，即使方悅兒的生活比許冷月舒適幸福得多，可是許冷月看著方悅兒的時候卻不是羡慕，也沒有嫉妒，而是深深的鄙夷。

如果方悅兒知道許冷月心裡所想，必定會嗤之以鼻，因爲方悅兒的想法與她完全相反。在少女心中，所謂的家族其實與門派一樣，都是爲了讓人獲得更好、更自由的生活而存在。有了強大的家族作爲後盾，人們便能有底氣、挺起胸膛地生活。

如果一個家族須要犧牲族人幸福才能存續，那豈不是本末倒置嗎？連族人也護不住，反倒得犧牲族人的無能家族倒不如消失算了，省得留下來禍害人。

雖然方悅兒並不知道許冷月的想法，不過少女從小直覺便很敏銳，對人們的喜惡更是非常敏感，只是打了個照面，即使對方臉上依然淡淡的沒什麼表情，可方悅兒已感覺到對方的不喜。

面對不喜歡自己的人，方悅兒也沒有拿熱臉去貼冷屁股的習慣。兩名少女互望了一眼後，便不約而同地移開了視線，動作倒是有默契得很。

十、朋友

除了方悅兒，段雲飛與連瑾也讓許冷月的目光多逗留了一會兒，畢竟這兩人實在長得太出色，說是「盛世美顏」也不爲過。而且兩人氣質各有特色，連瑾丰神俊美，段雲飛英氣逼人，都非常吸引姑娘們的目光。

愛美之心人皆有之，即使清冷如許冷月，也忍不住多看了二人一眼。

到訪眾人之中，雖然玄天門門主的地位最高，然而因爲許冷月個人的喜惡，再加上梅家是她未來的夫家，因此她先向梅煜打了聲招呼，並詢問他們的來意。

梅煜爲段雲飛等人引見，許大小姐聽到眼前俊朗的青年正是近來江湖上大名鼎鼎的前魔教副教主時，便再次將視線投放在段雲飛身上，正好迎上了他的視線。

許冷月早已習慣了被人追捧、接受男人們痴迷的目光，即使像梅長暉這種看不起她出身的，也還是會傾倒於她清麗脫俗的容顏之下，眼中滿是對她的欣賞。

然而段雲飛看向她時，眼中卻無喜無悲，就像在看一顆普通的石頭。這男人長得很英俊，眼神深邃而充滿魅力，被這麼一雙眼睛睥睨而視時，許冷月不由自主地匆忙移開視線，只覺心頭不受控地怦怦亂跳，臉頰也浮上一陣薄紅。

梅煜並沒有一開始便告知許冷月他們被追殺一事，而是詢問對方，他們來到煙雨城造訪許家一事，許家還有什麼人知道，以及許家有無將他們的行蹤告知給其他人。

許冷月雖然對梅煜的疑問略感訝異，但還是知無不言地回答：「你們的拜帖是直接交到我手上的，我看罷便擱置在一旁。之後我交代管家準備招待的事宜，除了我與管家二人，負責招待的下人應該也知道這件事。」

見眾人思索的神情，許冷月問道：「發生了什麼事嗎？難道與繡品店裡出現的蒙面人有關？」

梅煜等人仔細觀察許冷月的表情，確定對方似乎真的對魔教的事一無所知，這才說出他們的遭遇。

聽到梅長暉受到重傷，饒是冷靜如許冷月也不禁變了神色：「竟然發生了這種事!?那……梅公子的傷勢還能夠恢復嗎？」

梅煜嘆息地搖了搖頭。許冷月見狀，臉色頓時變得煞白。

原本以爲攀上了高枝，能助長家族重現輝煌，可現在那「高枝」卻被人折斷，也難怪許冷月的表情會這麼難看。

即使許冷月可以退婚，但難免會惹來白梅山莊怨恨，其他人也會覺得她不能共患難，白惹一身腥。這對很重視名聲的許冷月來說，無疑是難以接受的事。

見女神刷白了一張俏臉，蘇沐華都心疼死了。看不見許冷月的時候還好，他還記著人家已經名花有主了，但實際面對心儀的少女時，蘇沐華頓時智商下線，看到女神聽到梅長暉的傷勢而變了神色，蘇家少主覺得自己愛上的人果然重情重義，立即忘記要避嫌，一臉焦急地安慰許冷月：「許姑娘，妳別太難過，我相信梅兄會痊癒的。」

所以說，愛情是盲目的。相較於蘇沐華認為許大小姐是因梅長暉的傷勢而悲傷，少女這番作態落在方悅兒眼中，卻只是一種「啊，看中的金大腿沒了」的失落感……

失去了理想的金龜婿，許冷月滿心苦惱著該如何一腳踹開已經沒用的梅長暉，同時被蘇沐華的話拉回了神緒，便順著青年的話說道：「不好意思，我失態了。實在是我太疼惜梅少莊主所受的苦難，不過我相信他會痊癒的。」

喂喂！剛剛還喚人家「梅公子」，現在卻變成「梅少莊主」了？

妳也太現實了吧？

方悅兒心裡吐槽，許冷月外表像個不食人間煙火的仙女，而她性格也很對得上她的外表，像視凡人如螻蟻的仙人般冷血無情。

梅煜在白梅山莊人微言輕，對自家兄長與他未婚妻的事，他保持著置身事外的態度，因此蘇沐華勾搭許冷月時也沒有多說什麼，反正看到少女聽到未婚夫傷勢後的反應，便知道這個未來大嫂是沒有了。也只有蘇沐華這個人覺得女神是什麼都好的傻白甜，自行將對方的反應剖析得這麼美好。

既然梅煜這個白梅山莊的人也無視許冷月他們這些亂七八糟的關係，那麼段雲飛這個外人自然更不會對此多有意見，便把話題轉回了此行的目的：「知道梅少莊主他們會造訪許府的下人，方便讓我們見見他們，並做個簡單的問話嗎？」

許冷月聽見段雲飛的詢問，並獲得這名俊美男子的注視，恍然間覺得身邊一切都消失了。此刻她眼中看到的就只有那雙深邃的眼眸，不禁生出如果能一直被這雙眼睛注視那該多好的心思。

許家小姐驚覺自己心裡所想，頓時羞得滿臉通紅，暗罵自己怎會生出這種輕浮的想法。可是她就是控制不住自己，羞澀看了段雲飛一眼，輕聲答道：「好。」

所以說，這是一個看臉的世界。所謂一見鍾情不過是見色起意，要是對方長得很抱歉，又怎可能換來佳人的一見傾心呢？

就像之前段雲飛戴著人皮面具的時候，不是還與許泠月有過一段英雄救美的佳話嗎？然而那時許泠月只是心心念念著怕自己的名聲受損，被迫嫁給這個平凡無奇的青年。

就連救命之恩也換不來許泠月的另眼相看，段雲飛換回原本相貌後，單單一個眼神就讓許泠月心裡小鹿亂撞了。

當然許大小姐也不只是光看臉的，她還經過了各種考量。首先，現在梅長暉已經廢了，那麼這個婚約一定要退。到時她就要尋找下一個能讓許家重振輝煌的目標。

段雲飛武功即使稱不上天下第一，也絕對是武林頂尖了。最難得的是，他背後沒有靠山，全靠個人的武力值成名。要是他們好上了，那麼他們的孩子便能繼承許家，而許家也能獲得段雲飛的庇護。

許家雖然棄武從文多年，但誰說一定要一條路走到底呢？他們家傳的祕笈還在，只差一個高手而已；而以段雲飛這種年紀輕輕便步上武林頂尖地位的年輕高手，完全可以勝任啊！

更何況，段雲飛還如此瀟灑英俊，符合她的審美觀……

許冷月心裡的算盤打得啪嗒作響，既然看中了段雲飛，對青年那無傷大雅的要求自然很配合，立即便讓管家找來了知道梅長暉等人來訪的下人。

爲了在段雲飛面前獲得一個好印象，接下來段雲飛他們需要什麼，許家小姐都二話不說便去安排。結果調查一輪下來，就連與她磁場不合的方悅兒也對她的印象改觀了不少。

可惜經過一番查問，眾人都沒有找到任何有用的線索，最終只得暫時放棄。

許冷月見眾人結束了問話，便詢問梅煜：「梅二公子，你們打算什麼時候返回白梅山莊？」

梅煜想了想，道：「兄長的傷勢有幸經過寇堂主診治，寇堂主曾說過如果恢復情況理想，休養大約七天左右便能移動，當然離完全康復還有一段很長的時間。」

許冷月聞言忍不住訝異。她身爲梅長暉的未婚妻，梅煜有向她詳細形容了梅長暉的傷。那麼嚴重的傷勢，經寇秋治療後竟然只需數日便可以移動，實在太厲害了。

雖然寇秋小神醫之名響徹江湖，但許冷月從未與他打過交道，這次實際聽到對方的厲害，這才驚覺對方的醫術比自己想像的還要高明。也不知方悅兒到底走了怎樣的狗屎運，這麼厲害的人竟對她忠心耿耿。

許冷月壓下心頭浮現對少女的不屑，說道：「你們動身前往白梅山莊之時，請務必通知我一聲。身爲梅少莊主的未婚妻，他出了這麼大的事我無法坐視不理，希望能待在他身邊照顧他。而且我也有一些事想與梅莊主商量。」

梅煜聽到許冷月這麼說，猜想她是想到白梅山莊退婚了。不過青年只裝作不知，勾起溫柔爾雅的笑容：「當然沒問題，有許姑娘的陪伴，相信兄長也會高興的。」

二人約好一起前往白梅山莊的事宜後，方悅兒等人便向許冷月告辭。

❀

回春醫館作爲煙雨城內最大的醫館，佔地面積非常廣，一點也不比大家族的主宅遜色。除了讓外人看到、大夫坐堂看病的區域外，回春醫館還有讓病人留館治療的地方，不過費用十分高昂。即使是家境富裕的病人，同樣是付錢，也寧願讓大夫出診，選擇留館觀察的病人很少。因此現在留館的梅長暉已成了醫館裡的珍稀生物了——雖然這珍稀生物的脾氣實在不怎麼樣。

梅煜身爲傷者親屬，也留在回春醫館照顧著他。而蘇沐華，思考過後決定與梅煜待在一起。

蘇家少主認爲，雖然受傷的梅長暉多疑又敏感，時不時就會發瘋罵人，但相較於玄天門眾人，他與梅煜比較相熟，待在與自己曾經共患難的梅煜身邊，讓他比較安心。

身爲蘇家獨子，蘇沐華從小備受保護，初次離家歷練便受到差點失去性命的驚嚇，這讓才剛涉足江湖的蘇沐華有些嚇著了。

至於方悅兒等玄天門眾人，在他們前來煙雨城前，陳老便已爲他們添置了一座地段很好的別院，更早早讓人打理好，打掃得乾乾淨淨，可以立即住人，就等方悅兒他們來到後可以隨時入住。

因此方悅兒等人並未回到回春醫館，而是直接前往別院。段雲飛沒有回到客棧，而是選擇與玄天門眾人一起前往別院居住。

雖然段雲飛一直沒有正面應允方悅兒的請求，但以青年的舉動來看，他應該是默認與她一起拜訪林易光的事了。

方悅兒看出段雲飛是個灑脫而淡薄名利的人，她不知道爲什麼這個人對魔教的事如此執著，又想從魔教中獲得什麼。任何人都有軟肋，方悅兒用魔教的情報當餌，讓段雲飛乖乖配合她完成任務，雙方可謂各取所需，互惠互利。

段雲飛這個人倒也有趣，明明曾是魔教中人，卻一點都沒有那種陰險惡毒的氣質，給人的感覺光明正大得很。雖然方悅兒不喜歡他，可是對此人人品卻滿放心的，不然也不會讓他住進別院。

方悅兒也不是看不出段雲飛看不起她，可是那又怎樣呢？世上看不起她的人太多了，人們都說她虎父犬女，但方悅兒從不覺得因爲父親是武林高手，自己就該與他一樣痴迷武學。孩子是父母生命的延續，而不是父母的複製品！

她不偷不搶，用的都是自家的錢；她不擅武藝、揮霍無度又礙著別人什麼事？那些人又憑什麼看不起她？

什麼叫作「上進」？練成武功第一？成爲全國首富？嫁入富貴人家享福？這根本就沒有一個特定的準則。每個人對幸福的定義都不一樣，誰又能說得清楚武林第一與鄉間農夫，誰過的生活比較幸福呢？

像段雲飛這種看不起她的人一抓便一大把，方悅兒也不可能對每一個人都生氣。然而被人輕視，心裡還是難免覺得不爽快，至於爲什麼讓這個不爽自己的人與他們一起住，而不是轟他去客棧自個兒住？

因爲這個人長著一張俊臉，看著他好下飯啊！

方悅兒就是個顏控，喜歡美麗的東西。衝著段雲飛這張臉，只要他對她不是眞有惡意，方悅兒也願意待他寬容些。

結果晚飯時，段雲飛很快便發現方悅兒老是盯著自己看，而且看他一眼便吃一口飯。

不知爲什麼，素來天不怕地不怕的段雲飛，覺得少女的目光有點滲人……

在方悅兒吃人似的目光下，段雲飛有些食不知味地吃完了晚飯，不禁感到有些可惜。畢竟玄天門門主大人的食物已經不是僅僅用「精緻」、「美味」所能形容了。

這些食物全都出自方悅兒的侍女之手，不但色香味俱全，食材更是珍貴稀有得很，不是尋常地方能吃得到的。

想到剛剛吃進肚子裡的美食，段雲飛下意識舔舔嘴唇，已經開始回味起來，並暗自決定，下一餐一定要頂住方悅兒的目光，反正可以看的都被她看光了（？），怎樣也要吃回本！

方悅兒並不知道段雲飛心裡所想，逕自喜孜孜地舔著嘴唇，心想對方的盛世美顏果然好下飯。

月明星稀，晚上的微風吹散了白晝的熱度。段雲飛坐在庭園賞月，悠閒地喝著美酒。青年長相俊美，月色更是刷淡了他一身銳利的氣勢，彷彿月下妖精般散發惑人的魅力。

人們常說美人美人，聽到「美人」二字首先想到的都是美麗的女性，但「美」是不分性別的。用方悅兒的形容來說，段雲飛正是一個看著就可以讓她多吃一碗飯的美人。

漂亮的人總是受歡迎，因爲光是看著他們便覺得賞心悅目。段雲飛隨意坐在庭園賞月喝酒的模樣，便已美得像一幅畫。

此時，青年身後突然伸出一隻手，按住了他握著酒杯的手。

段雲飛彷彿早已知道身後有人，完全不感任何訝異。他順著手的方向看去，迎上了寇秋擔憂且不認同的目光：「你都這樣了，還喝酒？」

一旁的連瑾很做作地搖了搖手中紙扇，一雙鳳目在月色下波光艷麗：「如果懂得愛惜自己的身體，他就不是段雲飛了。」

雲卓則是笑著搖了搖頭，隨即很乾脆地收走段雲飛身旁的酒壺。

段雲飛：「……」

只是想躲起來偷偷喝一下酒，怎麼不該來的全都來了？求放過！

不同於完全不管事的方悅兒，段雲飛與玄天門的四名堂主是認識的，而且關係還不錯。

當年段雲飛在玄天門住了一段時間。因爲男女有別，他與三堂主幽蘭只是打過照面，也未與方悅兒見過面。

雖然段雲飛在玄天門中見得最多的人還是方毅，不過閒暇時也沒少與雲卓他們一起練武打鬧。年輕人的友誼培養得快，男孩子之間吵吵鬧鬧，一下便熟絡起來，即使已數年不見，可是現在重遇卻並沒有因而變得生疏。

可以說，段雲飛之所以願意與玄天門眾人同行，以及對門主大人幾乎可說是保護過度的雲卓等人，能接受段雲飛這個「外人」同行，也是因爲他們彼此早已認識，且願意信任對方。

寇秋取過段雲飛手中的酒杯，並放在一旁，隨即順勢爲他把脈。

相較於寇秋充滿擔憂的神色，段雲飛這個當事人反倒神態自若，他將手收回，笑道：「哎，今朝有酒今朝醉。我現在身體健康，能跑能跳，可比以前好多了。」

連瑾可不讓段雲飛帶離話題，不屑笑道：「是『看起來』身體健康而已。」

雲卓問：「你要找的東西還是沒有消息嗎？」

段雲飛嘆了口氣：「沒有，不在彭琛手上。」

三位堂主默然半晌，段雲飛打破沉默地笑問：「你們沒有將我的事告訴你們親愛的門主大人嗎？」

雲卓道：「我們當初既然允諾過不會洩露此事，自然不會把事情告訴別人。」

段雲飛聳了聳肩：「那就好，至少你們對她不是全無底線。我說你們也太寵她了，這樣對她不是好事。我本來還以爲是因爲你們有誰看上她才對她如此縱容，結果看著又不是這麼回事。」

連瑾連忙叫嚷道：「喂喂！話可別胡說，小悅兒只是我們的妹妹而已。」

雲卓則道：「悅兒很有分寸的，所以我們再怎麼寵她也沒關係。」

寇秋聞言重重地點頭：「門主大人很好，所以我們才對她那麼好。」

「……」段雲飛聽著聽著，差點以爲好友們都被方悅兒洗腦了。

雲卓拍了拍段雲飛的肩膀，道：「有些事我們不方便對你說，不過悅兒眞的值得我們這麼珍惜她。她是個很好的姑娘，你與她熟絡後就知道了。」

不待段雲飛多想，便見連瑾不知從哪摸出了一壺酒，瞇起眼睛直笑的模樣，倒是很符合方悅兒爲他取的綽號「狐狸」：「今天的月色這麼迷人，我們就不醉不歸吧！」

段雲飛看到酒的瞬間，雙目一亮，卻很嘴不饒人地嘲諷：「不是不給喝酒的嗎？」

連瑾揉了揉寇秋的頭髮：「這酒是小寇秋親自釀的喔，可不是外面的酒可以相比。」

寇秋點點頭：「嗯！段大哥可以喝沒關係，這酒不傷身的。」

連瑾才剛打開壺蓋，一股濃烈的酒香便噴湧而出。香氣還混雜了些微藥香，卻一點都不突兀，完美地融入了酒香之中，反而讓酒香變得更有層次。

光是嗅到香味，便已引得段雲飛這個愛酒之人饞得很了。

雲卓為每人酒杯添滿了酒，隨即朝段雲飛舉了舉手中的酒杯：「預祝段兄能藉這次魔教現身一事，找到要尋找的東西。」

聽到雲卓的話，連瑾與寇秋也舉起了酒杯，眼中滿是真摯的祝福。

段雲飛咧嘴一笑，也舉起酒杯與他們的輕輕碰了下，隨即一飲而盡。

「承你貴言。」

夜色正好，有什麼事，能比與三五知己聚在一起小酌更加寫意呢？

《門主很忙・卷一》完

後記

大家好！感謝大家購買我的新書，也希望各位會喜歡《門主很忙》這個新系列！

寫這篇後記時正值五月，經常下雨，又濕又悶熱的令人感覺很不舒服。然後我很倒楣地感冒了。除了一般的流鼻水、喉嚨痛外，我還覺得口淡無味，感覺真不好。上網搜了一下相關的資料，我猜這次應該是患上暑熱型感冒？

平常並不覺得健康寶貴，可是病了的時候就覺得身體健康格外值得珍惜。希望正在看後記的各位，今後一直沒病沒災，能夠健健康康的。

《門主很忙》這本小說繼續與天藍合作，第一集是可愛的小悅兒與麥冬上封面，天藍好像也很久沒有單獨畫女生作封面了呢！

也有不少人很關注這系列的集數，因爲故事還在剛寫的階段，所以很難確實告訴大家。暫時預計是六至八集完結，希望角色們都乖乖跟著大綱走啊XD

很久沒有寫軟妹子當主角了，想起之前的女主角都很強，可是男生當主角則很弱啊……因此便生出寫一個廢柴女主角的念頭了。

雖然是武俠的背景，可是小悅兒是眞的很嬌弱，名副其實的「身嬌體軟易推倒」（？），請大家要好好愛護她喔。

說起來我鮮少寫東方背景的故事，上一次寫東方古代背景的故事已經是《琉璃仙子》的時候了。至於像《門主很忙》這種純武俠背景更是第一次。《門主》這新系列是我的新嘗試，希望大家能夠喜歡。

另外針對女主小悅兒的性格及其價值觀問題，我想在這裡說明一下。

因爲編輯大人有提出小悅兒生活奢華、對這種富得坦蕩蕩的態度不以爲然。擔心會讓大家誤會這本小說宣揚奢侈，以及引起大家的仇富情緒。

我明白編輯大人的顧慮，也鄭重考慮過是否須要修改小悅兒的人設。可是如果將故事修改成女主被許冷月責備後幡然悔悟，從此過上節儉的生活等等……感覺女主都變成小白花了，也不再是我心目中的小悅兒啦！

因此思考過後，我還是決定維持原人設，並在後記中對此特別說明一下。

大家應該也對於《伊索寓言》中「父子騎驢」的故事並不陌生。一對父子牽著驢子進城，路人都嘲笑他們蠢，怎麼牽著驢卻不騎？於是父親騎驢，卻被路人說不愛護兒子；換成兒子騎驢，又被路人說他不孝順。最後兩人一起騎驢，則被路人責罵虐待動物。

最後父子只得將驢扛進城裡。

人言可畏，小悅兒雖然有錢，卻從沒有用錢砸人，反而總因爲有錢而受到莫名的嘲諷與責備。

然而小悅兒並不會因此質疑自己，她明白一百種人有一百種不同的生活與想法，沒有人能夠人見人愛、獲得所有人的喜歡。因此她不會像「父子騎驢」裡的父子那樣，爲了迎合別人而改變自己生活的方式，活在別人限定的框框架架裡。

小悅兒雖然生活奢華，可是她不偷不搶，用的是自家門派的錢，因此她能夠活得很坦然。家裡又不是窮得揭不開鍋，難道就因爲其他人看不順眼，而把錢都堆在倉庫裡不用嗎？

也許大家會覺得四大堂主也太縱容她，不明白爲什麼他們對小悅兒無條件的好。這部分請容我先賣個關子，因爲這其實是一條伏線，在往後會交代他們的往事，請大家期待囉！

很快我便會出發到昆明、大理、雲南等地旅行。爲了預防高原反應，已經開始服用紅景天了。說起來紅景天的藥丸比我想像中大顆啊！這麼大顆還要連續吃二十多天呢……

雖然有做這些準備，但還是有些擔心會出現高山症。聽說年輕人比較容易出現這種症狀，其中又以女性較多，所以我不是很危險嗎QAQ

要是眞的身體不適的話，那便沒心情去玩了吧？希望我能夠一直保持著理想的狀態，不要辜負那裡的美景啊！

敬請大家期待我旅行的美美照片囉！如果沒有倒下的話，我會在臉書專頁與各位分享的。

香草

門主很忙

門主很忙

【下集預告】

眾人將受傷的少莊主護送至白梅山莊，
正巧遇上了前往拜訪的林靖。
此時莊主卻在山莊內被刺殺，所有人都有嫌疑！

眾人各懷鬼胎，各有各的目的與考量。
方悅兒與段雲飛聯手追查，兩人會刷出怎樣的火花？
而魔教，又在當中扮演著怎樣的角色？

卷二‧〈山莊命案〉 2017 臺北漫博，敬請期待！

國家圖書館出版品預行編目資料

門主很忙 / 香草著.——初版.——台北市：魔豆文化出版：蓋亞文化發行，2017.06
冊；公分.（fresh；FS136）
ISBN 978-986-94297-6-4（第1冊；平裝）

857.7 106008048

fresh FS136

門主很忙 卷一

作者 / 香草
插畫 / 天藍　　封面設計 / 克里斯
出版社 / 魔豆文化有限公司
地址◎台北市103赤峰街41巷7號1樓
電話◎（02）25585438　傳眞◎（02）25585439
部落格◎gaeabooks.pixnet.net/blog
臉書◎www.facebook.com/Gaeabooks
電子信箱◎gaea@gaeabooks.com.tw
投稿信箱◎editor@gaeabooks.com.tw
郵撥帳號◎19769541　戶名：蓋亞文化有限公司
發行 / 蓋亞文化有限公司
法律顧問 / 宇達經貿法律事務所
總經銷 / 聯合發行股份有限公司
地址◎新北市新店區新店市寶橋路二三五巷六弄六號二樓
電話◎（02）29178022　傳眞◎（02）29156275
港澳地區 / 一代匯集
地址◎九龍旺角塘尾道64號龍駒企業大廈10樓B&D室
電話◎（852）2783-8102　傳眞◎（852）2396-0050
初版一刷 / 2017年6月
定價 / 新台幣180元
PrintedinTaiwan

ISBN / 978-986-94297-6-4

FS136

MASTER IS BUSY

門主很忙

卷一・尋人任務

魔豆文化　讀者迴響

感謝您在茫茫書海中選擇了魔豆，您的支持是我們最大的動力。
不要缺席喔，讓我們一起乘著夢想的羽翼，穿越時空遨遊天地！

姓名：　　　　　　性別：□男□女　　出生日期：　年　月　日
聯絡電話：　　　　　　手機：
學歷：□小學□國中□高中□大學□研究所　　職業：
E-mail：　　　　　　（請正確填寫）
通訊地址：□□□
本書購自：　　　　縣市　　　　書店　□網路書店
何處得知本書消息：□逛書店□親友推薦□DM廣告□網路□雜誌報導
是否購買過魔豆其他書籍：□是，書名：　　　　□否，首次購買
購買本書的動機是：□封面很吸引人□書名取得很讚□喜歡作者□價格便宜□其他
是否參加過魔豆所舉辦的活動： □有，參加過　　場　□無，因為
喜歡出版社製作什麼樣的贈品： □書卡□文具用品□衣服□作者簽名□海報□無所謂□其他：
您對本書的意見： ◎內容／□滿意□尚可□待改進　◎編輯／□滿意□尚可□待改進 ◎封面設計／□滿意□尚可□待改進　◎定價／□滿意□尚可□待改進
推薦好友，讓他們一起分享出版訊息，享有購書優惠 1.姓名：　　　e-mail： 2.姓名：　　　e-mail：
其他建議：

◎請沿虛線剪開、對摺、裝訂後寄出

◎請沿虛線剪開、對摺、裝訂後寄出

廣告回信郵資免付
台北郵局登記證
台北廣字第675號

魔豆文化有限公司　收

103台北市赤峰街41巷7號1樓

魔豆

魔豆